Anna Leoni

Schmetterlinge im Bauch

Band 24

Die Deutsche Bibliothek – CIP-Einheitsaufnahme

Ein Titeldatensatz für diese Publikation ist bei der Deutschen Bibliothek erhältlich.

Dieses Buch wurde auf chlorfreiem,
umweltfreundlich hergestelltem
Papier gedruckt.

In neuer Rechtschreibung.

© 2000 by Dino entertainment AG,
Rotebühlstraße 87, 70178 Stuttgart
Alle Rechte vorbehalten
© RTL Television & Grundy UFA TV Produktions GmbH 2000
Vermarktet durch RTL Enterprises
Das Buch wurde auf Grundlage der RTL-Serie „Gute Zeiten,
schlechte Zeiten" verfasst. Mit freundlicher Genehmigung von RTL
Fotos: Rolf Baumgartner
Umschlaggestaltung: Stefan Unterreiner, Rotpunkt Produktion, Fellbach
Satz: Greiner & Reichel, Köln
Druck: Graphischer Großbetrieb GmbH, Pößneck
ISBN: 3-89748-213-4

Dino entertainment AG im Internet: www.dinoAG.de
Bücher – Magazine – Comics

Bühne frei für die Band

Kai tigerte unruhig von einer Ecke des Daniels in die andere und stieß dabei immer wieder ein scheinbar unmotiviertes „Hallo, hallo" aus. Fabian war hinter der Theke dabei, Gläser zu polieren, und warf ab und zu einen irritierten Blick auf Kai, als hätte der nun endgültig einen Sprung in der Schüssel. Als er in der hintersten Ecke angekommen war und noch einmal „Hallo, hallo, hallo" gerufen hatte, hellte sich seine Miene auf und ein zufriedenes Grinsen erschien auf seinem Gesicht.

Fabian ließ sich von seiner Arbeit nicht ablenken und fragte gar nicht erst nach, was Kai mit dem merkwürdigen Gerufe bezweckte, denn der sah nicht so aus, als wollte er bereitwillig Auskunft geben.

„Hi zusammen!" Marie betrat gut gelaunt den Raum, warf ihre Schultasche auf die Theke und strahlte Fabian an. „Das war's! Keine Schule mehr in diesem Jahrtausend."

Fabian schmunzelte. Selten hatte er Marie in einer solchen Hochstimmung erlebt. „Hört sich gut an. Ich hoffe, du hast diese letzte Chance, im zwanzigsten Jahrhundert noch etwas zu lernen, genutzt."

Marie winkte ab. „Ich habe alles durchrauschen lassen und mir stattdessen überlegt, was ich Silvester anziehe. Das schien mir weitaus interessanter als irgendwelche Matheaufgaben."

Fabian stöhnte auf: „Oh Mann, die armen Lehrer. Da kann man ja wirklich Mitleid kriegen."

„Spar dir dein Mitleid lieber für uns arme Schüler, wenn wir die nächste Mathearbeit schreiben." Fabian lachte nur und bot ihr etwas zu trinken an. „Nein, danke", lehnte Marie ab, „ich geh erst mal ne Runde flippern."

In dem Moment begann Kai, der die letzten Minuten stumm in der Ecke gestanden hatte, wieder mit seinen Hallo-Rufen. Marie drehte sich verwundert zu Fabian um: „Was ist denn mit dem los?" Fabian tippte sich mit dem Zeigefinger mehrmals an die Stirn und sagte lapidar: „Kleine Meise."

Kai war so beschäftigt, dass er gar nicht mitkriegte, was um ihn herum vorging. „Hi", rief ihm Marie zu und winkte auf dem Weg zum Flipper in seine Richtung. Bei dem „Hallo", das er als Antwort gab, war nicht ganz klar, ob es Marie oder dem ganzen Raum galt. Einfach ignorieren, dachte Marie, und wandte ihre volle Aufmerksamkeit dem Flipper zu.

Kai hatte seine Raumbegehung beendet und setzte sich zu Fabian an die Theke. „Eine Cola, bitte!"

Fabian nahm die Cola aus dem Kühlschrank, stellte sie vor Kai auf die Theke und goss etwas in ein Glas. „Darf man fragen, was für Geister du eben gerufen hast? Zum Glück sind jetzt noch keine Gäste da, bei deinen Beschwörungsformeln kann man ja glatt Angst kriegen."

Kai ging auf Fabians Sticheleien gar nicht ein. „Ich teste die Akustik. Echt spitze! Herzlichen Glückwunsch!" Jetzt war Fabian platt, außer einem „Danke schön" fiel ihm dazu nichts ein.

Kai hatte einen Plan, und langsam tastete er sich vor: „Hast du schon mal dran gedacht, hier Jamsessions zu veranstalten? Das wär ein echter Knaller. So was hebt das Niveau." Er wusste, er durfte nicht mit der Tür ins Haus fallen. Diplomatie war angesagt, wenn er bei Fabian etwas erreichen wollte. Wie befürchtet stieg Fabian auf seinen Vorschlag nicht ein. „Hier sind schon ab und zu Leute aufgetreten. Aber regelmäßig würde ich das nicht machen", wehrte er ab.

Kai konnte sich nicht mehr zurückhalten, seine Begeisterung ging mit ihm durch. „Mann, wag doch mal einen neuen Trend! Wenn du so was häufiger durchziehst, erreichst du ein ganz anderes Publikum."

„Ich bin eigentlich zufrieden mit meinen Gästen. Und außerdem lohnt sich so was nur mit wirklich guten Musikern. Ansonsten kannst du es vergessen." Damit war für Fabian die Sache beendet. Er ließ Kai an der Theke stehen und ging zu den Gästen rüber, die gerade gekommen waren, um die Bestellung aufzunehmen.

In Kais Kopf arbeitete es. Er musste Fabian davon überzeugen, dass das Daniels das richtige Ambiente für einen Auftritt seiner Band war. Schließlich würde auch Fabian davon profitieren, wenn neue Leute in den Laden kämen. Kais Hand griff automatisch in die Chips-Tüte und schob den Inhalt in den Mund. Er kaute gedankenverloren auf den Paprikachips herum, als käme ihm dadurch eine zündende Idee.

Fabians Stimme riss ihn aus seinen Gedanken: „Sag mal, kannst du mir einen Gefallen tun und mich kurz vertreten? Ich muss dringend zum Großhändler. Das habe ich völlig vergessen."

Kais Miene drückte wenig Begeisterung aus. „Wenn es sein muss", knurrte er. Fabian überhörte seinen Missmut und überreichte ihm gleich freudestrahlend das Portmonee: „Das ist supernett. Vielen Dank. Es dauert auch nicht lang, ich bin gleich zurück." Er schnappte sich seine Jacke und eilte zur Tür, als Kai ihm noch nachrief: „Beeil dich! Gläser spüle ich nämlich keine!"

Marie hatte aus den Augenwinkeln beobachtet, dass Fabian das Lokal verlassen hatte. Sie unterbrach ihr Geflipper und wandte sich Kai zu, der bereits hinter der Theke stand und eine Flasche Orangensaft öffnete: „Wo will Fabian denn hin?"

„Der hat irgendeinen Termin verdödelt."

Marie merkte, dass Kai nicht gut drauf war, und frotzelte, um ihn aufzuheitern: „Und dann übergibt er dir den Laden? Das muss ja was ganz Dringendes sein."

„Du kannst gerne übernehmen, wenn du so scharf drauf bist."

Marie sah ihn an. Sein sonst so verschmitztes Gesicht wirkte düster, es schien ihn wirklich etwas zu bedrücken.

„Oho, der Herr haben schlechte Laune. Ärger in der Schule, zu Hause oder in der Liebe?"

Kai beschloss kurzerhand, Marie einzuweihen. „In der Karriere als Punkstar. Ich brauche dringend einen Probenraum für meine Band", benannte er verkürzt das Problem.

Sollte da etwas an ihr vorbeigegangen sein? Sie hatte gar nicht mitgekriegt, dass Kai in einer Band spielte.

„Ist alles ziemlich frisch", erklärte Kai, „eben habe ich bei Fabian angetestet, ob wir hier so ne Art Generalprobe machen können. Aber das hätte ich mir sparen können", maulte er und bekam wieder den missmutigen Gesichtsausdruck. „Ist ihm wohl zu viel Arbeit", versuchte Marie tröstend einzuwenden. Kai zuckte mit den Achseln und rückte dann betreten heraus: „Leider habe ich den Jungs versprochen, dass ich eine Location für die Probe besorge. Und morgen ist schon der Auftritt."

„Morgen?" Marie witterte plötzlich die Chance, einen lang gehegten Traum Wirklichkeit werden zu lassen. „Das ist ja völlig cool! Habt ihr schon eine Backgroundsängerin?"

Kai bemerkte die Absicht hinter dieser Frage nicht, so sehr war er mit der Raumfrage beschäftigt. „Noch

9

nicht. Ich habe auch erst ein paar Mal mit denen ge-spielt", erwiderte er lapidar.

Maries Begeisterung war kaum noch zu zügeln. „Eine Backgroundsängerin braucht ihr auf jeden Fall. Die gehört einfach in eine halbwegs ernst zu nehmen-de Band", stellte sie fest, und es war mehr als klar, wen sie dabei im Auge hatte.

Aber Kai kapierte immer noch nicht. „Voll deiner Meinung. Aber erst mal fehlt uns der Raum mit Leuten fürs Feed-back. Was grinst du denn so, mir ist gar nicht zum Lachen zu Mute."

Marie war gerade eine Idee gekommen, wie sie Kais Raumproblem lösen und sich selbst zu ihrem ersten Engagement als Backgroundsängerin verhelfen konn-te. Das müsste klappen, dachte sie und strahlte in Vor-freude über das ganze Gesicht. „Lass mich nur machen, ich glaube, ich habe eine Lösung für dein Problem", sagte sie und ließ den verdutzten Kai einfach stehen.

Sonja holte sich gerade als Mittagessen einen Jogurt aus dem Kühlschrank, als Marie aus dem Fahrstuhl trat.

„Hi", grüßte sie.

„Hallo, Marie, na, wie geht's?", gab Sonja zurück und wandte sich wieder ihrem Jogurt zu. „Wenn du auch einen möchtest, im Kühlschrank sind genug."

„Hast du einen mit Maracuja?"

„Ich weiß nicht, sieh selbst nach." Sonja setzte sich

mit ihrem Jogurt aufs Sofa und wartete, dass Marie sich zu ihr gesellte. Irgendetwas hatte sie vor, das spürte Sonja, aber sie wartete geduldig, bis Marie von selbst den Mund aufmachen würde. Mit ihrem Maracuja-Jogurt in der Hand kam Marie in Richtung Sofa, blieb aber stehen.

„Weißt du, was Kai heute Nachmittag vorhat?", platzte sie heraus. Sonja lächelte in sich hinein: „Du wirst es mir sicher gleich verraten."

„Er will mit seiner Band im Daniels eine Session abhalten. Und ich darf vielleicht singen bei denen."

„Das hört sich super an. Herzlichen Glückwunsch!"

„Es gibt da nur ein kleines Problem", räumte Marie ein. „Kai meint, dass Fabian das sicher nicht erlaubt."

„Tja", sagte Sonja gedehnt, „was kann man da machen? Du siehst aus, als ob du schon eine Idee hättest."

Marie fühlte sich durchschaut und weihte Sonja, der sie eine Hauptrolle zugedacht hatte, in ihren Plan ein. Fabian sollte abgelenkt werden und für einige Zeit aus dem Daniels verschwinden. In seiner Abwesenheit könnte dann die Session stattfinden, ohne dass er das Geringste davon mitkriegen würde. Das sei für alle das Beste, meinte Marie.

„Und die Person, die ihn geschickt aus dem Laden lotst, …", begann Sonja.

„Bist du", ergänzte Marie strahlend, „ich dachte, du kannst so was am besten. Und ich hätte auch eine Idee, womit."

„Soso, na dann schieß mal los!" Amüsiert begann Sonja, Gefallen an ihrer Rolle zu finden. Als Marie ihr dann die Einzelheiten ihres Plans erzählte, lachte sie laut los. „Du hast ja Einfälle, wirklich spitzenmäßig. Klar mach ich mit, ist ja für einen guten Zweck."

Kurze Zeit später saß Marie wieder an der Theke im Daniels und erklärte Kai, was sie sich ausgedacht hatte, damit die Band zu ihrem Auftritt kam.

„Spitzenidee", musste Kai zugeben und benachrichtigte sofort die Band. In dem Moment ging die Tür auf und Fabian kam von seiner Tour zum Großhändler zurück. Kai nahm eilig das Tablett und sammelte leere Gläser ein. Er wollte sich eine leichte Nervosität nicht anmerken lassen. Hoffentlich funktionierte Maries Plan. Es wäre peinlich, wenn das Ganze ein Flop würde.

„Hi", rief Fabian, „alles klar hier?"

„Superklar", bekräftigte Kai.

„Du bist auch noch da?", wandte sich Fabian erstaunt an Marie.

„Ich überwache deine Vertretung. Er macht sich echt gut."

Kai hatte inzwischen die Gläser von den Tischen geholt und kam mit dem vollen Tablett zurück. „Freut mich zu hören." Fabian war erleichtert, dass alles so gut geklappt hatte. „Vielen Dank noch mal", wandte er sich an Kai, der gerade die Gläser abstellte.

„War mir ein Vergnügen. Der O-Saft geht übrigens zu Ende."

„Eine Vertretung, die mitdenkt, das lob ich mir. Ich hab schon nachbestellt. Aber jetzt kannst du dich erholen, ich übernehme."

Kai reichte ihm das Portmonee rüber und setzte sich neben Marie auf den Barhocker.

„Den Feierabend weiß man erst zu schätzen, wenn man gearbeitet hat." Er grinste Marie an.

„Ja, ja, ein paar Minuten geschuftet und um Jahre weiser, was?", frotzelte sie.

Die beiden warfen sich verschwörerische Blicke zu. Wenn alles gut gehen sollte, müsste jetzt etwas passieren. Tatsächlich, das Telefon klingelte, auf Sonja war eben Verlass. Gespannt sahen sie auf Fabian, der den Hörer abnahm und sich meldete. Als er hörte, wer am anderen Ende sprach, lächelte er erfreut, aber dann nahm seine Miene einen irritierten Ausdruck an. Eine Weile hielt er den Hörer stumm ans Ohr, dann hörten Kai und Marie ihn beschwörend sagen: „Beruhige dich doch! Was ist denn so schlimm daran? Ich weiß auch nicht, wie die da hoch kommt, aber sie wird schon wieder verschwinden. … Okay, okay, ich bin gleich da. Ja, ich meine sofort. Versprochen."

Kai und Marie konnten sich ein Grinsen nicht verkneifen. Fabian legte genervt den Hörer auf, und Marie fragte mit der unschuldigsten Miene der Welt: „Ärger?"

„Sonja hat eine Ratte in der Wohnung. Sie will, dass ich vorbeikomme."

Marie unterdrückte ihr Lachen und zeigte gespieltes Mitgefühl: „Iiii, das ist ja eklig! Die Ärmste!"

„Ich Ärmster!", korrigierte Fabian, „ich soll sie nämlich einfangen." Sein Gesichtsausdruck verriet, was er davon hielt. Er wandte sich an Kai: „Kannst du noch mal einspringen. Das wäre wirklich wahnsinnig nett."

Kai erklärte sich sofort bereit: „Klar, das ist ja ein Notfall." Er musste sich bremsen, damit er nicht zu viel Bereitschaft zeigte. Er konnte es kaum erwarten, dass Fabian verschwand. Der reichte ihm schnell das Portmonee, zog im Gehen seine Jacke über und war schon an der Tür, als er sich noch bei Kai bedankte: „Du bist echt super. Ich beeil mich auch. Bis später." Dass Marie ihm nachrief: „Lass dir ruhig Zeit. Kai hat das im Griff", hörte er kaum noch.

Das hatte ja spitzenmäßig geklappt. Fabian war weg, und Sonja würde dafür sorgen, dass er eine ganze Weile nicht wieder auftauchte. Kai und Marie grinsten sich verschmitzt an und schlugen sich in die Hände.

„Ist aber auch wirklich nett von Sonja. Was hätten wir nur ohne sie gemacht?"

„Fabian in den Getränkekeller geschickt und ein Bierfass auf die Luke gestellt. – Aber so ist es natürlich eleganter", witzelte Kai.

„Allerdings. Auf die Idee mit der Ratte muss man erst mal kommen."

Kai war von Sonjas Qualitäten bezüglich Tricks und Ausreden total überzeugt: „Was so was angeht, ist Sonja Expertin. Die findet auch noch eine Ausrede, wenn sie gerade das Messer aus einer Leiche zieht."

Maries Blicke schweiften durch den Raum. „Wo kommen eigentlich die Instrumente hin?", wollte sie wissen.

„Tja, ich dachte hier, in die Mitte, dazu müssten die Gäste aber ein bisschen zusammenrücken mit den Tischen. Lass mal, ich mach das schon."

Kai baute sich vor der Theke auf und rief laut ins Lokal: „Darf ich mal einen Moment um Ruhe bitten? So kurz vor Weihnachten haben wir uns eine Überraschung für Sie ausgedacht." Er sah kurz zu Marie rüber, die in sich hinein schmunzelte, und fuhr fort: „Sie erleben heute die Probe von einer der besten Bands der Stadt. Umsonst und live. Sie müssten allerdings ein bisschen Platz machen."

So ganz begeistert schienen die Gäste nicht. Sie erhoben sich zwar von ihren Stühlen, sahen aber etwas irritiert aus, als wüssten sie nicht so recht, was sie erwartet. Kai übernahm die Regie und dirigierte das Verrücken der Tische und Stühle: „Wenn ihr euch alle ein Stück da rüber setzt. Und ihr da hinten rückt bitte etwas zusammen … Super. Noch ein Stück, und dann haben wir es." Marie kam ihm zu Hilfe.

Sie hatten gerade einen Platz in der Mitte frei gemacht, da kam auch schon die Band mit ihren Instrumenten herein.

„Hey", rief Kai ihnen entgegen, „da seid ihr ja! Wir räumen gerade die Bühne frei. Das ist übrigens Marie", deutete er auf die neben ihm Stehende. „Hey, Jungs", begrüßte sie die Bandmitglieder und stellte sich vor, dass sie in Zukunft öfter mit ihnen auf der Bühne stehen würde.

Während die Band die Instrumente aufbaute, ging Kai seinem Job als Kellner nach, schließlich musste er Fabian vertreten. Dass aber ausgerechnet jetzt fast alle noch bestellen oder zahlen wollten, nervte ihn. Er trug zwei Milchkaffee an einen Tisch und fragte, ob er gleich kassieren könnte. Zurück an der Theke flüsterte er Marie zu: „Mann, die Leute nerven. Kurz vor dem Auftritt kommen die mir noch mit Bestellungen."

„Wenn du erst mal berühmt bist, wird es richtig nervig. Dann wollen sie Autogramme, Interviews, Fotos …"

„Klingt super. Obwohl, auf die Dauer geht einem das sicher auch auf den Senkel. Ich ziehe mich irgendwann zurück auf eine Insel in der Karibik und lass den Kleinkram meinen Agenten erledigen."

Marie deutete amüsiert auf einen Gast, der durch Gestikulieren auf sich und sein leeres Bierglas aufmerksam machte, das er offenbar gefüllt haben wollte. „Vorher musst du dem Typen aber noch sein Bier servieren. Der weiß noch nichts von deinem Aufstieg."

Genervt zapfte Kai hinter der Theke ein Bier.

„Kannst du das gleich übernehmen, wenn wir loslegen? Du weißt ja ungefähr, wie alles funktioniert." Marie sah ihn völlig verdattert an, als wüsste sie nicht, wovon er sprach. „Ich?", brachte sie hervor. „Na klar", erklärte Kai, „mein Typ wird jetzt auf der Bühne verlangt."

„Aber ich, ich soll doch als Sängerin mitmachen. Du meintest, ihr könntet mich gebrauchen", stammelte Marie völlig perplex. Für sie war total klar gewesen, dass die Band sie als Backgroundsängerin nehmen würde, und jetzt stand ihr die Enttäuschung ins Gesicht geschrieben.

Kai merkte, dass da irgendwas schief gelaufen war und druckste ein bisschen herum: „Du, echt nett von dir. Aber bei der Backgroundsängerin dachte ich ehrlich gesagt nicht an dich."

Marie sagte nichts mehr, aber zum Kellnern hatte sie jetzt auch keine Lust. Missmutig bediente sie einen Gast, gab Wechselgeld heraus. Sie hatte sich so auf diesen Auftritt gefreut. Endlich hätte sie mal zeigen können, was in ihr steckte. Außerdem war es schließlich ihr zu verdanken, dass die Band im Daniels überhaupt spielen konnte – und Sonja natürlich. Aber wenn sie die Idee nicht gehabt hätte, …

Sie trat neben Kai, der gerade einen Mikroständer zusammenschraubte: „Warum kann ich denn nicht bei euch singen? Du meintest doch, ihr braucht eine Backgroundsängerin." „Schon", erwiderte er ausweichend,

„aber irgendjemand muss den Laden schmeißen. Ohne Service haut uns das Publikum ab."

Marie wurde bitter. „Na, toll. Ihr amüsiert euch und ich rackere mich ab. Und dafür habe ich organisiert, dass Sonja uns den Rücken frei hält."

Kai wusste kaum noch weiter: „Das war tierisch nett von dir! Trotzdem geht es nicht!"

„Du glaubst, ich packe das nicht, stimmt's? Aber ich kann euch was vorsingen. Wenn es dir nicht gefällt, vergessen wir es."

Um Zeit zu gewinnen, zeigte Kai auf einen Gast, der Marie zuwinkte, weil er zahlen wollte. „Ich komme sofort", rief sie dem Gast zu und wandte sich noch mal an Kai: „Also schraub das Mikro zusammen und dann kriegst du eine Kostprobe."

„Darum geht es nicht. Die Jungs haben sich was anderes überlegt", rückte Kai jetzt mit der Sprache heraus, „sie haben schon jemand anderes engagiert." Er deutete mit der Hand in Richtung Tür: „Das ist sie, Paula."

Marie hatte die Frau, die da stand, gar nicht reinkommen sehen. Selbstsicher bewegte die sich jetzt auf die Band zu und begrüßte sie: „Hi, Jungs, alles klar?"

Völlig frustriert ging Marie hinter die Theke. Das mit dem Singen konnte sie vorerst vergessen. Aber sie wollte doch mal sehen, wie diese aufgemachte Zicke mit ihrem Getue sich anstellte.

Die Band legte los und spielte ein paar Songs, Paula sang, aber der Beifall blieb spärlich. Besonders talentiert ist die nicht, dachte Marie, stattdessen versucht sie, durch ihr arrogantes Gehabe auf sich aufmerksam zu machen.

Die Band machte jetzt eine Pause. Marie ging zu einem Gast an den Tisch, der bezahlen wollte, und war gerade wieder auf dem Weg zur Theke, als Paula sie heranwinkte: „Hey, du!"

Widerwillig machte Marie ein paar Schritte auf sie zu. „Was ist?"

Paula spielte die Überlegene: „Irgendwoher kenne ich dich. Bist du nicht ein paar Klassen unter mir?" Ihr arroganter Ton ließ darauf schließen, dass sie nicht nur die Schule meinte.

Marie konterte schnippisch: „Korrekt. Sonst noch was?"

„Ein Wasser, bitte. Mit Eis und Zitrone. Ich verdurste", orderte Paula. Die Tussi kann mich mal, dachte Marie, und schleuderte ihr ein verächtliches „Gibt es an der Theke" entgegen. Die Wirkung ließ nicht auf sich warten. Paula brauste auf: „Wie bitte? Bin ich die Kellnerin, oder was? Jeder macht hier seinen Job, Süße. Und jetzt schnarch nicht länger rum, sondern tu was!"

Marie blieb ruhig und entgegnete lapidar: „Halt die Klappe."

Kai hatte schon von Ferne beobachtet, dass das, was da zwischen den beiden ablief, nicht gerade auf Freundschaft hindeutete. „Ist wohl Liebe auf den ersten Blick bei euch beiden", kommentierte er die Situation.

Marie konnte nicht mehr an sich halten: „Die Tusse verwechselt mich mit ihrer Hausklavin. Ansonsten ist alles in Ordnung."

Von oben herab gab Paula ihre Sicht der Dinge zum Besten, wobei sie sich auf dem Tisch niederließ und mit der Hand durch ihre kurzen, schwarz gefärbten Haare fuhr. „Ich habe ein Wasser bei der Bedienung bestellt. Aber das scheint zu viel verlangt zu sein." Und nach einer Pause: „Seit wann dürfen Kinder überhaupt kellnern?"

Wie Hund und Katze, dachte Kai und versuchte es mit Beschwichtigung: „Hey, geschmeidig bleiben! Ich hole dein Wässerchen, und ihr kriegt euch wieder ein. Klar?"

Er ging hinter die Theke, um das Wasser für Paula zu holen. Sein gut gemeinter Versuch zeigte aber keinen Erfolg. Kaum war er weg, fing Paula wieder an: „Da hast du aber Glück. Ansonsten würde ich mich beim Chef beschweren, und dann fliegst du hier ruckizucki raus."

Damit konnte sie bei Marie nicht landen. „Mach dir keine Sorgen. Ich bin die Tochter des Geschäftsführers", gab sie süffisant zurück, „der wird übrigens nicht begeistert sein, wenn er hört, was für eine drittklassige Sirene hier seine Gäste foltert."

Auf Paulas Bemerkung, von Musik würde sie ja wohl

auch nichts verstehen, was sie denn eigentlich könne, antwortete Marie knapp: „Singen. Im Gegensatz zu dir." Damit ließ sie Paula stehen und wandte sich an Kai, der mit einer Flasche Mineralwasser in der Hand zurückkam. „Wie die schon rumrennt … Ist euch das gar nicht peinlich?", sagte sie so laut, dass Paula es hören musste. Schlampen-Look mit einem Hauch Seventies, das passte zu dieser Möchtegern-Sängerin, aber nicht zu der Band, fand Marie.

Kai hatte von dem Gezänk der beiden Mädchen die Nase voll. „Jetzt hört endlich auf!", fuhr er sie an, und Paula forderte er auf: „Die Pause ist um. Wenn du so weit bist, machen wir weiter."

„Von mir aus kann es losgehen", gab Paula mit zuckersüßer Miene zurück, nachdem sie einen Schluck getrunken hatte. Sie schnappte sich betont cool das Mikro und warf Marie einen spöttischen Blick zu.

So eine blöde Tussi, dachte Marie und wandte sich der Arbeit hinter der Theke zu, während die Band ein neues Stück intonierte. Bis auf Paulas Gesang war die Musik nicht schlecht. Marie stellte sich vor, sie würde da hinter dem Mikro stehen. Was nicht ist, kann ja noch werden, versuchte sie sich zu trösten. Die Gäste klatschten, nachdem die Band ein paar Stücke gespielt hatte, und Kai kündigte das Ende der Session an: „Vielen Dank, Leute. Das war's. Und nen schönen Abend noch."

Die Musiker bauten die Instrumente ab, und Paula schlenderte in Richtung Theke, keineswegs mit der

Absicht, sich mit Marie zu versöhnen, wie ihr Gesichtsausdruck ahnen ließ. „Cooler Gig, ich hoffe, du bist auch auf deine Kosten gekommen."

Marie ging ihr arroganter Ton total auf die Nerven. „War ganz okay, nur dein Gesang hat ein bisschen gestört." Paula stieg auf Maries Provokation bereitwillig ein: „Ich weiß ja nicht, auf was für kranke Musik du stehst, aber dem Publikum hat's gefallen."

Die beiden lagen schon wieder voll im Clinch. „Die haben sich nur nicht beschwert, weil man deine Stimme sowieso kaum gehört hat." Damit ließ Marie die perplexe Paula einfach stehen und ging in Richtung Bühne.

Sie wollte Kai etwas Nettes sagen. Der rollte gerade ein Kabel auf, als sie auf ihn zutrat und ihn zu der gelungenen Session beglückwünschte. Stolz und strahlend bedankte er sich und fragte sie dann etwas leiser: „Du bist hoffentlich nicht mehr sauer?" Marie winkte ab: „Schon okay. So was passiert eben. An eurer Stelle würde ich allerdings die Tröte wieder abschieben. Die war ja krass daneben."

Kai versuchte zu beschwichtigen. „So schlecht war Paula nicht. Und ihre Stimme passt ganz gut zu meiner."

„Wenn sie denn zufällig mal den Einsatz erwischt. Bei zwei Liedern hat sie keinen einzigen hingekriegt."

Kai gab zu, dass ihm das auch schon aufgefallen war. „Ein bisschen Üben ist schon noch angesagt bei ihr."

Paula hatte die beiden aus den Augenwinkeln argwöhnisch beobachtet und ging nun auf Kai zu: „Mit dem X-mas Gig morgen, geht da alles Klar?" Kai nickte: „Wie verabredet." Und vorsichtig schob er nach: „Kannst du dir vielleicht die Einsätze genauer ansehen? Die sind ab und zu danebengegangen." Paula reagierte sofort pikiert: „Tatsächlich? Mir ist das nicht aufgefallen."

Kai wusste, dass er jetzt diplomatisch vorgehen musste, um Paula nicht zu verärgern. „Ist ja kein großes Ding, aber meine Lauscher haben sich ein bisschen gekrümmt. Und Marie hat es auch gemerkt."

Eins zu null, dachte Marie und warf Paula einen triumphierenden Blick zu. Die hatte an ihrer Niederlage zu schlucken, und bevor sie wütend aus der Bar rauschte, zischte sie Marie an: „Sieh mal an, jetzt dürfen auch schon die Kleinen mitreden", und, noch etwas leiser: „Das wird dir noch Leid tun!" Weg war sie, und Marie kostete ihren Triumph eine Weile aus. Auf ihrem Gesicht erschien ein schadenfrohes Lächeln.

Oh du fröhliche

Schlecht gelaunt räumte Marie den Frühstückstisch ab, Fabian bastelte an irgendetwas herum. Er wusste, dass es für Marie ein schwieriger Tag war, das erste Weihnachten ohne ihre Mutter. Vorsichtig fragte er Marie: „Wollen wir heute Abend zu Sonja gehen oder möchtest du lieber hier feiern, ohne sie?" Aber Marie war mit ihren Gedanken noch ganz bei Kai und seiner Band, die nach der Probe vom gestrigen Nachmittag heute Abend ihr Konzert geben würde.

„Wenn es dir nichts ausmacht, können wir gerne zu Sonja gehen. Aber ich will später auch noch zu einem Konzert von Kais Band." „Die ist total klasse", fügte sie noch hinzu.

Mit einem zweideutigen Unterton in der Stimme entgegnete Fabian: „Davon habe ich schon gehört."

Marie wusste nicht recht, wie sie das auffassen sollte. Was wusste Fabian? Etwas unsicher fragte sie: „Ehrlich? Du kennst die?"

„Mir wurde berichtet, sie hatten gestern einen Gig in einem Szeneladen. Leider konnte ich nicht hin, weil ich Ratten jagen musste. Aber da sage ich dir ja nichts Neues."

Er weiß es, schoss es Marie durch den Kopf. Völlig

verdattert stotterte sie: „Aber wir haben doch …" Bevor sie ihren Satz zu Ende bringen konnte, unterbrach sie Fabian: „… eine Komplizin angeheuert, um mich abzulenken. Was Sonja angeht, bin ich grundsätzlich misstrauisch."

Marie war zerknirscht. Betreten fragte sie, ob Sonja ihm alles erzählt habe. „Unter Zwang gestanden." Und mit gespielt böser Miene fügte er hinzu: „Wie denkst du, willst du das wieder gutmachen?"

Leugnen war zwecklos, Marie musste alles zugeben. Am besten sagte sie ihm gleich die Wahrheit. „Sorry", legte sie los, „das tut mir echt Leid, und ich weiß, das war nicht richtig, aber wir brauchten doch unbedingt einen Übungsraum, und ich dachte, so komme ich in die Band." Fabian ließ nur ein kurzes „Aha" hören. „Aber das ging voll daneben", fuhr Marie kleinlaut fort, „bist du sehr böse?"

Jetzt gab Fabian seine Rolle als strenger Vater auf, er war überhaupt nicht böse, im Gegenteil, als Sonja ihm die Geschichte erzählt hatte, musste er lachen über den gelungenen Einfall seiner Tochter.

„Mach nicht so ein Gesicht. Du hast dir da einen wirklich cleveren Trick ausgedacht, um mich loszuwerden. Als kleine Ausnahme ist das durchaus okay."

Marie war die Erleichterung anzumerken. „Dann hast du auch nichts dagegen, wenn ich nachher zu dem Gig gehe?", fragte sie nach. „Nein, geh nur. Kommst du denn trotzdem noch mit zu Sonja? Ich habe Lust auf so eine Art Familienweihnachten."

Als Fabian die Familie erwähnte, wurde Marie plötzlich traurig. „Das ist das erste Weihnachten ohne meine Mutter", sagte sie leise, und Fabian merkte, dass sie mit den Tränen kämpfte.

Er legte den Arm um sie. „Ich muss auch oft an Silke denken. Aber lass uns nicht traurig werden", versuchte er, Marie aufzumuntern, „sie würde das nicht wollen." Er hat Recht, dachte Marie und lächelte tapfer: „Du bist ein echter Kumpel."

Marie war froh, als sie am Nachmittag zu Sonja gingen. Die gedämpfte Stimmung, die trotz ihrer guten Vorsätze immer wieder aufkam, verschwand ein wenig, besonders als sie sah, wie viel Mühe Sonja sich gegeben hatte. Sogar einen Baum hatte sie besorgt und ganz in Gold geschmückt. Kerzen standen auf dem Tisch, und unter dem Baum lagen die verpackten Geschenke. Fabian hatte ein fantastisches Menü zubereitet, und alle waren schon pappsatt, als er mit drei Schälchen aus der Küche kam und strahlend verkündete: „Meine Damen, der Nachtisch: Lebkuchenparfait, passend zur Gelegenheit."

Sonja stöhnte: „Für mich nicht, ich kann einfach nicht mehr. Das Essen war so lecker." Und Marie meinte: „Ich platze auch schon."

Fabians gekränkte Miene war nur gespielt: „Ihr wisst

ja nicht, was ihr verpasst." Er stellte zwei Schälchen wieder in den Kühlschrank und setzte sich dann zu den beiden aufs Sofa.

„Wie wär's, wenn wir jetzt zum spannenden Teil kommen", schlug Sonja vor. Marie druckste ein bisschen herum und äußerte dann leicht beklommen: „Mit Silke habe ich vor der Bescherung immer ein Lied gesungen. Wollen wir das auch machen?"

Fabian versuchte, sich seine Rührung nicht anmerken zu lassen. „Das ist eine gute Idee", ermunterte er Marie, „denkst du an ein bestimmtes?"

„,Rudolph the red-nose reindeer', oder wollt ihr lieber ein anderes hören?"

„Nein, nein", sagte Sonja schnell, „das ist sehr schön."

Marie wollte gerade ansetzen, da merkte sie, wie sich ihre Kehle zuschnürte. Erst als Fabian und Silke ihr aufmunternd zunickten, konnte sie zu singen beginnen. Und tatsächlich brachte sie das Lied ohne stocken zu Ende. Völlig gerührt saßen Fabian und Sonja da, bis Fabian das Schweigen brach. „Das war sehr schön", sagte er leise.

Um die wehmütige Stimmung zu verscheuchen, rief Marie laut: „Und jetzt zu den Geschenken." In Vorfreude auf das Auspacken strahlte sie schon wieder. Sie griff unter den Weihnachtsbaum, zog ein kleines Päckchen hervor und reichte es Fabian mit den Worten: „Das ist für dich. Frohe Weihnachten." Für Sonja fischte sie ein kleines Schmuckkästchen heraus und drückte es ihr in die Hand: „Ich hoffe, es gefällt dir." Sonjas Augen leuchteten, als sie das Kästchen öffnete und ein antikes Armband fand. „Das ist ja wunderschön. Wo hast du das bloß her?"

„Vom Flohmarkt", antwortete Marie und freute sich, dass ihr Geschenk so gut ankam, „ich hatte voll Glück. Soll ich es dir umbinden?"

„Ja, aber später. Jetzt bekommst du erst mal deine Geschenke."

In der Zwischenzeit hatte Fabian sein Päckchen ausgewickelt und hielt ein selbstgenähtes Hemd in der Hand. „Sag nicht, du hast das allein genäht. Das ist ja unglaublich!", staunte er. Marie gab gern zu, dass Sonja ein bisschen geholfen hatte. „Nur beim Schnitt", rief Sonja dazwischen, „den Rest hat Marie allein gemacht. Jetzt aber mal etwas für dich."

Damit überreichte sie Marie einen edlen Beauty-Case mit einer großen Schleife drumherum. „Bitte schön! Ich glaube, du kannst so was gebrauchen."

„Da fragst du noch", begeisterte sich Marie, „der ist ja super-edel."

„Und gefüllt. Schau mal rein!"

Drinnen fand Marie eine ganze Palette von tollsten Make-up- und Schminksachen. „Wahnsinnig! Tausend Dank!", rief sie Sonja zu und gab ihr einen Kuss auf die Wange.

Unter dem Baum lagen noch einige Geschenke mit

Maries Namen, sie kam aus dem Auspacken gar nicht heraus. Wie nett Sonja und Fabian zu ihr waren und wie sehr sie aufgepasst hatten, was sie sich wünschte.

Fabian betrat den Raum mit einem weiteren Paket und legte es in Maries Hände: „Und noch eine Kleinigkeit!" Er beobachtete sie beim Auspacken. Als sie die Turnschuhe erblickte, die da zum Vorschein kamen, blieb ihr fast der Mund offen stehen vor Überraschung.

„Wahnsinn! Das ist das totale Megageschenk! Woher wusstest du, dass ich mir die schon seit Ewigkeiten wünsche?"

„Ich habe mich erkundigt", tat Fabian geheimnisvoll und warf Sonja einen verschwörerischen Blick zu. Marie zog sich sofort die neuen Schuhe an. „Damit habe ich das perfekte Outfit für den Gig nachher", befand sie überglücklich.

Die drei blieben noch eine Weile miteinander sitzen, betrachteten ihre Geschenke, und auch Fabians Lebkuchenparfait fand jetzt Abnehmer, denn, wie Marie meinte, Geschenke auspacken macht hungrig.

Später machte sich Marie dann auf den Weg zum Lokal, wo Kais Band spielen sollte. Es war nicht viel los auf der Straße. Kein Wunder, an diesem Abend saßen alle Leute zu Hause beim Weihnachtsessen und Geschenkeauspacken. Marie warf einen stolzen Blick auf ihre neuen Turnschuhe. Vor einem Schaufenster, in dessen Scheibe sie sich spiegelte, blieb sie kurz stehen und betrachtete zufrieden ihre Silhouette. Wie gut ihr die neuen Schuhe standen! Fabian war wirklich spitze. Gerade hatte sie sich von ihrem Spiegelbild losgerissen und wollte weitergehen, als sie hinter sich Schritte hörte. Leicht beunruhigt drehte sie sich um, es war aber niemand zu sehen. Sie schien sich getäuscht zu haben. Nach ein paar Metern hörte sie das Geräusch wieder, und diesmal war es keine Täuschung. Zwei Mädchen hatten sie verfolgt und waren jetzt schon dicht hinter ihr. Marie blieb einen Augenblick stehen. Sie wollte sich die Angst, die in ihr hochstieg, nicht anmerken lassen und einfach cool weitergehen, da löste sich von einer Hauswand an der Ecke ein Schatten und trat von vorn auf sie zu.

Jetzt erst erkannte sie Paula, die mit einem höhnischen Grinsen bemerkte: „Das ist aber eine schöne Überraschung. Ich wollte mich noch bei dir bedanken."

Zufall war das nicht, dachte Marie, Paula musste ihr aufgelauert haben. Aber sie war wieder etwas gefasster, bloß keine Angst zeigen. Patzig entgegnete sie: „Und wofür?"

Paula machte mit drohender Gebärde einen Schritt auf sie zu: „Für deine wundervolle Konzertkritik."

Das war's also, dafür wollte Paula sich rächen. Frech gab Marie zurück: „Gern geschehen. Leider habe ich jetzt keine Zeit für dein Geschwafel."

Mit diesen Worten versuchte Marie, sich an Paula vorbeizudrängeln, doch ohne Erfolg. Sie spürte, wie die Hände der Mädchen sie von hinten griffen und unsanft gegen die Wand drückten.

„Wo willst du denn so schnell hin? Wir sind noch nicht fertig", giftete Paula.

Marie wand sich in den Griffen der Mädchen, konnte sich aber nicht befreien. „Lasst mich los, ihr dämlichen Kühe", schrie sie.

Paula bemerkte auf einmal ihre neuen Schuhe. „Du hast dich doch über mein Outfit beschwert. Die Treter da", sie deutete auf die Turnschuhe, „würden mir sicher ganz gut stehen, meinst du nicht?" Während Marie sie ängstlich ansah, fuhr Paula mit eiskalter Stimme fort: „Rück sie raus und zwar sofort! Sonst kannst du was erleben, du kleine Tresenschlampe!"

Jetzt stand Marie das Entsetzen ins Gesicht geschrieben: „Hast du sie noch alle? Die habe ich heute geschenkt bekommen."

„Hör auf zu quatschen und gib die Teile rüber. – Oder sollen wir sie uns holen?", drohte Paula. Und um ihr klar zu machen, wie ernst es gemeint war, verdrehten die Mädchen ihr den Arm.

Schmerzerfüllt verzog Marie das Gesicht. Sie sah ein, dass es sinnlos war, sich gegen so eine Übermacht zu wehren. Widerwillig zog sie ihre Schuhe aus. „Mann, es ist total kalt. Ich kann doch nicht barfuß rumlaufen", schimpfte sie.

„Du wirst es überleben. Jedenfalls eher, als wenn du sie nicht ausziehst."

Marie stand in Strümpfen auf dem kalten Bürgersteig und reichte Paula die Schuhe rüber. „Braves Mädchen", höhnte Paula.

Maries Gefühle schwankten zwischen Angst und Wut, im Moment war die Wut größer: „Das kriegst du irgendwann zurück. Dafür gibt es Rache. Darauf kannst du dich verlassen."

„Ich habe schon richtig Angst. Und jetzt zisch ab hier, sonst fängst du dir eine", mahnte Paula und zog sich Maries Schuhe an.

Auf Socken machte sich Marie davon, den Tränen nahe. Hinter sich hörte sie Paulas Stimme, die ihr nachschickte: „Vielen Dank auch! Und schöne Weihnachten!"

Es war nicht nur der Verlust der nagelneuen Schuhe, der sie schmerzte, sondern auch die erlittene Demütigung. Sie hatte nichts gegen die Übermacht tun können, es war einfach rohe Gewalt gewesen. Auf Strümpfen schaffte sie es bis zu der Bank vor Charlies Laden und ließ sich da mit hoch gezogenen Füßen nieder. Dieses blöde Miststück, die ist ja kriminell, schimpfte sie vor sich hin, als plötzlich Kai in der Passage auftauchte und vor ihr stand.

Er schien die Situation noch nicht zu checken und frotzelte fröhlich: „Na, haben sie dich zu Hause rausgeworfen?"

Marie war nicht nach Scherzen zu Mute: „Sehr witzig! Ich hab echt andere Probleme."

Jetzt erst bemerkte Kai die schuhlosen Füße: „Was soll das denn? Machst du einen auf Mitleid oder ist das ne Art Krippenspiel?"

Für seinen Humor hatte Marie überhaupt keinen Nerv. Kurz erzählte sie ihm die bittere Wahrheit. „Paula hat mir meine Schuhe abgezockt, mitten auf der Straße. Die waren übrigens neu, hatte mir Fabian gerade zu Weihnachten geschenkt."

Kai konnte es nicht fassen: „Du testest hoffentlich nur meine grauen Zellen …"

„Von wegen. Die Mistkrücke hat mich zusammen mit ihrer Gang abgepasst. Sie waren zu dritt. Ich konnte überhaupt nichts machen."

Kai nahm sie hilflos in den Arm. „Die ist ja krass drauf. Das hätte ich ihr wirklich nicht zugetraut."

Marie streckte ihre Füße aus, die sich wie Eisklumpen anfühlten. Kai rieb Maries Füße ein bisschen in seinen Händen, aber ihm war klar, dass Marie hier weg musste. „Du kannst meine Schuhe haben", sagte er heldenhaft.

„Witzbold", entgegnete sie, „was machst du dann?"

„Ich habe dicke Socken. Außerdem bin ich ein Mann!" Das war nett gemeint, aber Marie lehnte ab: „Es reicht, wenn einer von uns einen Schnupfen kriegt."

Doch dann hatte Kai die rettende Idee: Auf dem Rücken wollte er sie nach Hause tragen. Marie bezweifelte, dass er das durchhalten würde, aber Kai war nicht zu bremsen. „Du unterschätzt mich, Baby. Was meinst du, was der olle Kai für Muckis hat."

„Aber du musst doch zu deinem Gig."

„Der hat noch nicht mal angefangen. Und je länger du quatschst, desto mehr komme ich zu spät. Also, auf geht's!"

Damit baute er sich vor Marie auf, sodass sie auf seinen Rücken steigen konnte. „Die Lenkung kennst du? Links rum am linken Ohr ziehen, rechts rum am rechten. Bremse gibt's nicht. Und festhalten!"

Im Laufschritt brachte Kai Marie Huckepack zu Sonja in die Wohnung, ohne sie einmal abzusetzen. Etwas außer Atem betrat das Gespann das Wohnzimmer, wo Sonja und Fabian gerade beim Abräumen waren. „Hallo! Hi!", grüßten sie.

„Hallo, ist das eure Bühnennummer?", fragte Fabian irritiert.

„Du kannst mich jetzt absetzen", ließ Marie Kai wissen und informierte die anderen: „Paula hat mir die neuen Schuhe abgezogen."

„Die hat was?" „Wie konnte das denn passieren?", hagelten die Fragen durcheinander.

„Sie hat mich zusammen mit ihren Freundinnen überfallen. Ich konnte nichts gegen sie ausrichten. Mir ist furchtbar kalt. Ich muss unbedingt unter die Dusche."

Sonja hatte sofort Mitleid und legte eine Decke um

Marie. „Am besten, du nimmst ein heißes Bad. Du bist ja völlig durchgefroren."

„Mach ich gleich. Wenn Kai mich nicht hergetragen hätte, würde ich immer noch auf der Straße sitzen."

Fabian bedankte sich herzlich bei Kai und stellte ihm in Aussicht, dass er am nächsten Vormittag mit seiner Band im Daniels auftreten könne. Kai strahlte vor Freude, zumal er dem bevorstehenden Gig jetzt am Abend wegen des wenig ansprechenden Lokals mit gemischten Gefühlen entgegensah.

„Hau schon ab zu deiner Session, sonst kommst du wirklich zu spät", forderte Marie ihn schmunzelnd auf, „ins Badezimmer kann ich auch allein gehen."

„Bis morgen dann. Ich hol' dich ab. Ciao!"

Bevor er sich zum Gehen wandte, sagte Marie leise: „Hey! Das war echt total lieb von dir."

„Ich weiß", erwiderte er flapsig und ging. Marie sah ihm dankbar hinterher.

Kai wird Rapper

Der Kälteschock war nicht ganz ohne Folgen geblieben. Am nächsten Morgen nieste Marie und schnäuzte sich immer wieder die Nase. Sie legte gerade eine CD ein, um den angebrochenen Tag etwas gemütlicher zu gestalten, als es an der Tür klopfte. Kai trat ein mit hinter dem Rücken verschränkten Armen.

„Ich hab dir etwas mitgebracht." Mit diesen Worten zog er Maries neue Schuhe hervor und hielt sie ihr hin.

„Super! Wie hast du das geschafft?"

„Och, ich hab ein bisschen den Lauten markiert. Und schon hat es Paula die Latschen ausgezogen."

„Du bist eben doch ein Held", lobte Marie.

Kai erzählte, wie er Paula zur Rede gestellt und dann aus der Band geschmissen hatte. Er fand das, was sie getan hatte, absolut daneben und wollte mit ihr nichts mehr zu tun haben. „Wie hat sie denn darauf reagiert?", wollte Marie wissen.

„Sie hat ihre Kuhaugen rumgerollt und dumm geblökt. Was soll sie auch groß sagen. Sie ist raus aus dem Geschäft." Marie war ganz gerührt, wie Kai sich für sie eingesetzt hatte. „Danke. Dafür gibt's was auf die Backe", lächelte sie ihn an und gab ihm einen scheuen Kuss auf die Wange.

Als Fabian nach Hause kam, saßen die beiden am Tisch und tranken einen heißen Kakao. Kai hatte eigentlich gar keine Zeit, er hätte längst im Daniels sein sollen, um die Instrumente für den Gig aufzubauen. Er machte sich auch gleich davon. Marie wollte sich erst noch umziehen und später nachkommen. Sie hielt Fabian glücklich ihre Schuhe hin: „Hier, hat Kai zurückgebracht, und Paula aus der Band geworfen hat er auch." Aber in das Glück mischte sich ein bisschen Angst, dass Paula sie aus Rache noch mal überfallen könnte. Fabian legte tröstend den Arm um sie: „Keine Sorge. Wenn sie dich noch mal anzickt, kriegt sie Ärger mit mir."

Als Marie ins Daniels kam, war schon alles aufgebaut, und die Band machte gerade einen Soundcheck. Kai winkte ihr zu: „Hi! Komm her, die Jungs beißen nicht!" Etwas widerwillig folgte sie der Aufforderung. Sie fand, dass die Musiker nicht übermäßig freundlich zu ihr waren. Kai beruhigte sie: „Die sind eben obercool. Aber schwer in Ordnung." Er reichte einem Musiker das Mikro, der es wortlos und ziemlich genervt entgegennahm.

„Seid ihr noch besoffen oder schon verkatert", blaffte Kai ihn an. Marie stellte eine gewisse Verlegenheit bei der Band fest. Um die Atmosphäre aufzulockern, fragte sie: „Soll ich euch was zu trinken holen? Ich habe einen guten Draht zur Theke." Keine Antwort, nur Kai bestellte eine Cola.

Dann glaubte sie ein Gespenst zu sehen, das da aus

Richtung der Toiletten auf die Bühne zukam: Paula schritt erhobenen Hauptes an der perplexen Marie und dem überraschten Kai zum Mikro.

„Was willst du denn hier?", entfuhr es Marie. Paula schien obenauf und entgegnete in der gewohnt spöttischen Art: „Gratuliere. Du hast den ersten Preis für blöde Fragen."

Kai brüllte: „Das gibt's doch nicht. Ey, du hast hier nichts verloren."

Paula testete das Mikro und ließ sich zu einem „Glaubst du?" herab. Kai wurde wütender: „Ich will dich hier nicht sehen. Kapier das mal, Frau." Jetzt rückte Paula mit dem Grund für ihre Selbstsicherheit heraus: „Die anderen wollen mich aber als Sängerin behalten. Alles klar?"

Ungläubig sah Kai zu den Musikern rüber, aber die wichen seinem Blick aus.

„Du musst dich wohl entscheiden, entweder wir oder die Kleine da", trumpfte Paula auf. Wie vor den Kopf geschlagen stand Kai bewegungslos da. Marie flüsterte ihm zu: „Von wegen schwer in Ordnung. Die haben dich total gelinkt."

Ein paar Gäste klatschten müde Beifall, als die Band aufgehört hatte zu spielen. Kai und Marie standen völlig genervt an der Theke und sahen Paula zu, wie sie sich immer wieder verbeugte, als hätte sie gerade stehende Ovationen bekommen.

„Die blöde Schnepfe trifft nicht einen Ton", empörte sich Marie. Sie war nicht die Einzige, die das bemerkte. Jan gesellte sich zu ihnen und pflichtete ihr bei: „Hm. Ziemlich schräg."

„Die Anlage ist echt gut. Die Band ist unter aller Sau", erklärte Kai. Wütend ging er auf die Band zu: „Macht mal Pause, Leute. Das war ja mehr als mau. So geht das nicht."

Paula saß schon wieder auf ihrem hohen Ross. „Jetzt mach nicht den Dicken und komm runter. Wir waren ganz okay."

Kai wandte sich noch einmal an die Musiker, um sie zu überzeugen: „Jetzt hört mal her! Paula hat Marie auf die voll miese Tour abgezockt, und wie wir alle mitgekriegt haben, kann sie nicht mal singen. Sie ist hier überflüssig."

Die Bandmitglieder wichen seinem Blick verlegen aus und schauten auf den Boden. „Die Jungs sehen das anders", trumpfte Paula auf.

„Wenn ihr sie weitersingen lasst, steige ich aus. Ist das deutlich genug?"

Die Musiker blieben stumm.

„Au, Mann! Wie könnt ihr euch auf so eine Abzockerin einlassen? Ihr seid doch völlig fertig in der Birne", kommentierte er ihre wortlose Entscheidung. Paula kostete ihren Sieg aus. „Okay, wir machen weiter, Jungs", und Kai schickte sie noch eine Gemeinheit hinterher: „Du kannst ja mit deiner kleinen Freundin ein Schlagerduo aufmachen. Albano Scholl und Maria Power, na, wie wär das?" Die Bandmitglieder fanden den Witz offenbar gelungen und mussten grinsen.

Das war's dann wohl, dachte Kai und konnte seine tiefe Enttäuschung nicht verhehlen.

Marie hatte von Ferne Kais Gespräch mit der Band verfolgt. „Mach dir nichts draus, mit dem Sound kommen die nicht weit", versuchte sie ihn zu trösten, als er sich wieder zu ihr an die Theke stellte.

Jan, der auch gecheckt hatte, was da ablief, schaltete sich ein: „Warum gründen Sie nicht eine eigene Band?"

„Hey, das ist doch eine super Idee!", pflichtete Marie ihm bei. Kein schlechter Tipp, dachte Kai und sagte: „Stimmt. Wäre zu überlegen", und etwas lauter in Richtung Band: „Das sind doch alles Pantoffelhelden, Mitteltöner." Er steigerte sich zu einer richtigen Schimpfkanonade: „Adventssänger, Chorknaben, volkstümelnde Play-back-Betrüger, Leierkastenvirtuosen!" Der Frust musste raus, dann erst konnte er Zukunftspläne schmieden. „Noch ein paar Tage, und der Punk ist aus einem vergangenen Jahrtausend. Man müsste was in Richtung Hip-Hop versuchen. Hatte ich sowieso schon vor."

Marie witterte eine neue Chance für die eigene Karriere als Sängerin: „Cool. MC Kai. Das hat was. Fehlt nur noch eine weibliche Stimme für den Background." Kai stieg auf diese Anspielung gar nicht ein, er hatte die Nase voll von Sängerinnen. Aber Marie ließ nicht locker: „Du solltest dir eine suchen, die du gut kennst, die super singt und der du vertrauen kannst."

Kai stellte sich dumm: „Und wer sollte das sein? Tina Turner ist ein bisschen zu alt."

„Nimm eine Jüngere. Ich kenne da eine voll unbekannte, gute Hip-Hopperin." Die Vorfreude auf die Aussicht, mit Kai zu singen, machte Marie ganz aufgeregt. „Komm schon! Wir passen gut zusammen. Gib mir wenigstens eine Chance!"

Aber Kai blieb skeptisch: „Nicht so schnell. Für Hip-Hop braucht man keinen Background. Außerdem hast du keine Erfahrung in der Szene."

Marie zog ihren letzten Trumpf: „Tja, dann nimm Paula! Die ist schon seit Jahren im Geschäft. Du siehst ja, was dabei rauskommt." Das stimmte ihn doch nachdenklich und er war schließlich bereit, es mit Marie zu versuchen.

Die konnte es kaum erwarten, und kurze Zeit später saßen sie bereits bei Marie zu Hause am Tisch und rappten. Kai legte los und sang erst sein Solo, dann sollte Marie einsetzen. „… Ist der eine Scheiß erledigt, kommt der Nächste, irgendwann ist Schluss, finito …" Marie traf den Ton nicht ganz.

„Stopp, hör noch mal genau hin", unterbrach Kai und sang die letzten Zeilen alleine vor.

Irgendwie stellte sich Kai ziemlich an, fand Marie

leicht genervt. Jetzt verlangte er auch noch ihre Block-flöte, um ihr die einzelnen Töne vorzuspielen. „Das wird ja richtig anstrengend", maulte sie.

„Du musst das erst mal ins Ohr kriegen. Das ist der Grundton." Er spielte einen Ton, den Marie nachsingen sollte. Das klappte ganz gut, sie traf den Ton. „Genau so. Dann noch mal von vorn", befahl Kai. Diesmal verpasste Marie den Einsatz. Genervt wollte Kai die Probe abbrechen. „Sinnlos! Sei mir nicht böse! Aber ich würde lieber ohne Background arbeiten."

„Lass mich noch einmal meinen Part üben", bat Marie.

Kai schlug vor, sie sollte erst mal die Beatbox nach-machen, das sei so eine Art Trommel, erklärte er, die den Rhythmus vorgibt. Zur Demonstration klopfte er mit den Fingern auf den Tisch und sprach den Text dazu.

„Du willst mich auf den Arm nehmen. Das ist doch albern", kommentierte Marie gereizt. Irgendwas lief ziemlich schief zwischen den beiden. Kai ärgerte sich insgeheim darüber, dass sich Marie so uneinsichtig zeigte, und ihr ging seine Besserwisserei auf die Nerven.

„Okay, das war's. Sei nicht traurig, aber unsere Zu-sammenarbeit hat einen zu hohen Stressfaktor." Damit beendete er die gemeinsame Probe, und Marie konnte ihm nur zustimmen.

„Hallo, ihr zwei. Der Mann mit der Weihnachtsgans ist da." Fröhlich stieß Fabian die Tür auf und präsentierte das Mittagessen. Er lud Kai ein mitzuessen, aber der lehnte ab. Er habe keinen Hunger und sei schon so gut wie weg. Beim Rausgehen fand er noch ein paar tröstende Worte für Marie: „Nimm's nicht tragisch. Rap ist nun mal höllisch schwer. Ciao", und schon war er verschwunden. Geknickt sah sie ihm nach und murmelte vor sich hin: „Ich hab's mal wieder vermasselt."

Lustlos kaute Marie auf ihrer Gans herum. Sie hatte so viele Hoffnungen in diese Probe gesetzt, und jetzt war alles schief gegangen.

„Er hat mich nicht mal meinen Part singen lassen. Aber dumm auf dem Tisch rumklopfen sollte ich …", schimpfte sie vor sich hin.

„Mach dir nichts draus", tröstete Fabian, „so was klappt nie beim ersten Mal. Vielleicht solltest du dich mal ablenken. Wie wär's mit frischer Luft? Ein kleiner Ausritt mit Soapy, dem könnte Bewegung auch nicht schaden."

„Ich habe keinen Bock auf reiten. Ich will Musik machen", erwiderte Marie störrisch. „Musik machen ist total cool. Schnall das doch mal!"

Fabian war jedoch der Meinung, mit einfach nur lossingen sei es nicht getan. Alle großen Stars hätten Gesangsunterricht genommen, und Üben sei das A und O einer Karriere.

Marie wehrte ab: „Ich plane keine Karriere an der Oper! Ich will doch nur mal ans Mikro!"

„Na ja, wenn du nicht willst, … Aber nützen würde dir ein wenig Unterricht auf jeden Fall. Ich kenne da übrigens einen Gesangslehrer über Philip. Den brauche ich nur anzurufen …"

„Echt?" Maries Skepsis wandelte sich zunehmend in Interesse. „Ich könnt' ihn mir ja mal ansehen", erklärte sie schließlich ihre Bereitschaft.

Zufällig hatte Fabian den Gesangslehrer gleich erwischt, und der war bereit, sich die neue Schülerin sofort anzusehen. Marie war nervös, als sie auf sein Klopfen die Tür öffnete. Sie wurde noch nervöser, als er ein Notenblatt zückte und sie bat, vom Blatt zu singen. Das hatte noch nie zu ihren Stärken gezählt. Als sie jedoch sah, dass es sich um ‚Let it be' von den Beatles handelte, legte sich ihre Aufregung. Natürlich kannte sie den Song, und beim Singen gewann sie immer mehr an Sicherheit. An der Reaktion Fabians und des Gesangslehrers merkte sie, dass sie sehr gut gesungen hatte. Beide waren sichtlich beeindruckt. Aus ihr könne noch was werden, meinten sie.

Im Daniels war eine kleine Bühne aufgebaut. Darüber prangte ein Banner mit der Aufschrift „Viktoria-Luise-Gymnasium-Band-Contest". Voraussetzung für die Teilnahme war eine ‚Eigenkomposition', die allein oder mit einer Band vorgetragen werden sollte. Elisabeth saß hinter dem Tisch mit den Anmeldeformularen, vor dem sich eine Schlange gebildet hatte. Kai und Marie stellten sich hinten an. Vor ihnen stand Paula in der

Reihe, und sofort fingen die drei wieder an, sich anzu-
giften, sodass Elisabeth schlichtend eingreifen musste.
Kai gab sein Anmeldeformular ab. Er wollte sich mit
einem Song präsentieren, den er mal für seine ehema-
lige Band geschrieben hatte. Als Elisabeth den Titel
las, stutzte sie einen Moment, sah in der Liste nach
und sagte zu Kai: „Tut mir Leid, den Titel kann ich
nicht annehmen. Den gibt es schon."

Kai verstand nicht recht, was sie meinte. „Was? Wieso gibt's den schon? Der ist von mir. Hundert Pro."

Elisabeth wiederholte aber, dass der Titel bereits von
einer anderen Teilnehmerin gemeldet worden sei. Kai
setzte gerade an: „Aber das …", als er Paulas böses
Grinsen sah und ihm klar wurde, was hier lief. Sie hatte den Song, den er für die Band geschrieben hatte,
geklaut und als ihren ausgegeben. Und log auch noch
wie gedruckt.

„Kai hat tatsächlich mal bei uns mitgespielt, oder was
er dafür gehalten hat. Deswegen ist der Track aber
noch lange nicht von ihm. Das würde er gar nicht
bringen", erzählte sie Elisabeth.

Kai schnaubte vor Wut: „Wenn die mit meinem Song
starten dürften, das wäre echt unfair."

Elisabeth wusste nicht recht, was sie tun sollte. „Haben Sie denn irgendeinen Beweis, dass das Stück von
Ihnen ist?", fragte sie Kai.

„Wie denn? Wie soll man so was beweisen?", gab Kai
verzweifelt zurück.

Man merkte Elisabeth an, dass es ihr Leid tat, aber sie konnte nur bedauernd feststellen: „Dann bleibt mir nichts anderes übrig, als nach der Reihenfolge der Anmeldung zu gehen. Und da war Paula zuerst da. Haben Sie denn nicht noch irgendeinen anderen Titel, den Sie spielen können?"

Ratlosigkeit bei Kai und Marie, beide hatten keine Ahnung, wer ihnen aus dem Dilemma helfen könnte. Kai wollte schon fast aufgeben, da fiel ihm Philip ein. Philip hatte vielleicht eine Idee, womit Kai auftreten könnte. „Geh schon mal zu mir", flüsterte er Marie zu, „ich komm gleich nach, hab nur noch kurz was zu erledigen." Und schon war er verschwunden.

Marie musste nicht lange auf Kai warten. Mit einer CD in der Hand betrat er triumphierend das Zimmer. Philip war zwar nicht zu Hause gewesen, dafür war Kai eine CD mit der Aufschrift „Für Simon" in die Hände gefallen, eine Eigenkomposition von Philip, total heißer Sound. Das war die Lösung seines Problems, fand Kai und lieh sich den Titel vorübergehend aus. Auf dem Weg hatte er sich schon einen neuen Text ausgedacht und sein leicht mulmiges Gefühl von wegen geklauter Song zur Seite gedrängt.

Marie aktivierte sein schlechtes Gewissen wieder, als sie von der ‚geliehenen' CD erfuhr: „Das soll die Lösung sein? Du kannst doch auf dem Contest nicht mit einem fremden Song antreten."

„Ich hab mir einen völlig neuen Text überlegt", verteidigte sich Kai.

„Es heißt ‚Eigenkomposition'. Auf die Musik kommt es an. Der Text ist egal. Du kannst auch ein Gedicht von Walther von der Vogelweide nehmen und dazu rappen."

Kai fühlte sich getroffen: „Ja, ja, geschenkt, Frau Superschlau. Was soll ich denn deiner Meinung nach machen? In zwei Stunden einen neuen Song zusammenschustern?"

Das sah Marie ein, aber dennoch hatte sie Angst, dass der Betrug herauskommen würde.

Kai beruhigte sie und sich selbst: „Philip hat den Song nie veröffentlicht. Er ist der Einzige, der den Schwindel merken könnte. Und da unser kleiner Wettbewerb nicht weltweit im Radio übertragen wird, kann überhaupt nichts passieren."

Ganz überzeugt war Marie nicht, aber Kai bat sie: „Hör ihn dir wenigstens mal an!" Und schon hatte er die CD eingelegt und begann zu rappen. Kai ist einfach spitze, dachte Marie, je länger sie ihm zuhörte. Sie ließ sich voll vom Rhythmus mitreißen, und als er sie am Ende fragte: „Ist die Nummer nun gut oder nicht?", konnte sie nur antworten: „Gegen dich hat Paula keine Chance."

Siegessicher sah Kai dem Wettbewerb entgegen: „Der Laden wird kochen, Baby." Marie schlug in seine Hand ein, und gemeinsam verließen sie die Wohnung.

Kai legte im Daniels die CD in den Player und wartete darauf, dass es losging. Marie war aufgeregter als er selbst. Passieren konnte ja eigentlich nichts, und er wusste, dass er gut war. Fabian frotzelte wohlwollend: „Später werden wir sagen: Wir waren dabei, als Kai Scholl seine Weltkarriere begann."

Der Grund für den verzögerten Beginn lag darin, dass der Vorsitzende der Jury noch nicht eingetroffen war. Elisabeth bat um einige Minuten Geduld. Er müsse jeden Augenblick kommen, und es könne gleich losgehen, beschwichtigte sie die Zuschauer – und Kai, der ungeduldig auf seinen Auftritt wartete. „Ach", rief sie, „da kommt er gerade. Ein Applaus für Philip Krüger."

Kai fiel die Kinnlade runter, da stand tatsächlich Philip leibhaftig im Raum. Er schätzte, er war gerade in eine ziemlich große Klemme geraten. Marie sah ihn mit weit geöffneten, ängstlichen Augen an. Jetzt war guter Rat teuer.

Kai hantierte am CD-Player herum, irgendetwas würde nicht richtig funktionieren, gab er vor. Marie stellte sich neben ihn und flüsterte ihm zu: „Willst du jetzt auftreten oder nicht?"

„Ich weiß nicht. Philip rastet aus, wenn ich loslege", erwiderte Kai unschlüssig.

Es muss etwas passieren, dachte Marie und schlug wagemutig vor: „Vielleicht fährt er ja voll drauf ab. Riskier's doch einfach!"

Im Hintergrund fing Paula auch noch an rumzunerven, und Elisabeth überlegte schon, ob man einen anderen Kandidaten vorziehen sollte. Kai musste sich entscheiden. „Okay, ich bin so weit!", ließ er hören. Volles Risiko, dachte er, und ab geht's. Die Musik setzte ein und Kai fing an zu rappen:

„Der Grund, warum ich hier bin, ist einfach zu versteh'n.

Ich will übers Mikro schau'n und neue Horizonte seh'n.

Ist der eine Scheiß erledigt, kommt der Nächste irgendwann ..."

Er konzentrierte sich voll auf seinen Song und kriegte nicht mit, wie Philips Gesicht nach den ersten Takten erstarrte.

Das Publikum applaudierte begeistert. Stürmische Bravo-Rufe und „Zugabe" waren zu hören, und auch die Jury schien angetan von Kais Darbietung. Elisabeth sagte den nächsten Titel an, und Kai begab sich zu Marie an die Theke.

„Das war megascharf! Echt Spitze! – Paula ist voll am Boden."

Aber Kai interessierte eigentlich nur eines: „Hat Philip schon irgendwas gesagt?"

„Soweit ich beobachtet habe, hat er nicht mal mit der Wimper gezuckt. Wahrscheinlich findet er es okay."

Maries Worte beruhigten Kai nicht ganz. „Schön wär's", meinte er zweifelnd und beschloss, Philip auf die Sache anzusprechen und ihm alles zu erklären. Die Gelegenheit bekam er sofort, denn Philip kam an die Theke, um sich etwas zu trinken zu holen.

„Äh, wir beide müssen da wohl was klären", sprach Kai ihn an, „vielleicht sollten wir mal kurz unter vier Augen ..." Aber Philip ließ ihn gar nicht ausreden. „Vor der Siegerehrung ist es nicht erlaubt, mit der Jury zu sprechen", bügelte er ihn kurzerhand ab. „Weiß ich", begann Kai erneut, „aber du willst doch bestimmt wissen, wieso ich ..."

Philip unterbrach ihn entschieden: „Später. Ich muss mich jetzt auf den nächsten Sänger konzentrieren." Damit ließ er den besorgten Kai stehen und begab sich wieder auf seinen Platz.

Alle warteten mit Spannung auf das Ergebnis der Jury. Wenn es nach der Meinung des Publikums gegangen wäre, hätte der Sieger des Wettbewerbs längst festgestanden. Kai hatte eindeutig den meisten Beifall bekommen. Nun war es so weit. Elisabeth löste sich aus der Gruppe der Jurymitglieder und schritt zum Mikrofon.

„Den Band-Contest 2000", verkündete sie, „gewinnt ... Paula Parchim und Band. Herzlichen Glückwunsch!" Das Publikum klatschte Beifall, auf den Gesichtern von Kai und Marie spiegelte sich Enttäuschung. Paula nahm als Siegerin den Pokal und einen Einkaufsgutschein von Elisabeth in Empfang. „An zweiter Stelle", fuhr Elisabeth fort, „liegt Kai Scholl mit seinem Rap."

Kai schien ein wenig getröstet: „Wenigstens haben die gerafft, dass ich was drauf habe." Aber Marie war nicht versöhnt: „Na toll! Dafür kriegst du noch nicht einmal einen Preis. Diese Jury hat null Ahnung, was gut ist."

Plötzlich mischte sich Philip ein, der sich unbemerkt neben sie gestellt hatte: „Daran lag's nicht. Natürlich war Kai erste Sahne." Beiden fiel schlagartig wieder ein, wie Kai zu seinem Song gekommen war, und sie fühlten sich ertappt. Philip erklärte, wieso Kai als der Bessere – der Meinung war auch die Jury – nur den zweiten Platz gemacht hatte: „Ich habe verhindert, dass du gewinnst, weil du gegen die Regeln verstoßen hast. Es ist echt eine Frechheit, einfach meine Komposition zu benutzen."

Kai blieb nichts anderes übrig, als sich zerknirscht zu entschuldigen. „Tut mir Leid. Diese beknackte Paula hat mir einfach mein Lied weggenommen und auf die Schnelle hatte ich kein neues."

„Wenn du so was noch mal bringst, kriegst du richtig Ärger mit mir", drohte Philip.

„Geht klar. Wieso hast du mich eigentlich nicht disqualifiziert, wenn's dich so abnervt?"

Jetzt musste Philip zugeben, dass ihm Kais Bearbeitung seiner Komposition ziemlich gut gefallen hatte. „Der Track hat durch dich genau das richtige Etwas gekriegt, was ihm noch fehlte", sagte Philip, nun schon wesentlich milder gestimmt. „Kai fühlte sich geschmeichelt: „Ehrlich? Danke!" „Deshalb wollte ich dir vorschlagen, ihn weiter zu benutzen", fuhr Philip fort.

„Ist ja megamäßig!", freute sich Kai.

„Aber mach was draus! Der Text könnte zum Beispiel noch etwas romantischer sein."

Eine größere Bestätigung seines Talents hätte es für Kai gar nicht geben können. Voller Vorfreude, seine Qualitäten als Texter unter Beweis stellen zu können, rief er enthusiastisch: „Mach ich dir! Du flippst aus. Hundert Pro!"

Ein Lied für Marie

„Es ist schwer dich zu fassen, doch ich kann es nicht lassen, … Nein, das ist es nicht!", sprach Kai leise vor sich hin. Er saß mit einem Stift am Tisch und grübelte über einem leeren Blatt Papier. Philips Lob hatte ihn so angespornt, dass er sich schon am Morgen an seinen neuen Rap-Text gemacht hatte. Allerdings noch ohne Erfolg. Eine zündende Idee wollte sich nicht so recht einstellen. Kai kaute angestrengt an seinem Stift herum, da kam seine Mitbewohnerin Cora aus ihrem Zimmer geschlendert und bemerkte etwas spöttisch: „Auch schon auf? Ist wohl etwas später geworden gestern."

Kai versuchte, einen coolen Eindruck zu machen. „Logisch! Ich war noch mit Philip und Marie in diversen Klubs. Das macht man so als Musiker."

„Darf das Fußvolk überhaupt noch mit dir an einem Tisch sitzen?"

Kai antwortete betont gnädig: „Wenn's sein muss." Und dann gestand er ihr, dass ihm gerade gar nichts einfiel für einen guten Rap-Text.

Cora machte Vorschläge: „Ich weiß was. Du erzählst was über die Schule. Wie du dich morgens aus den Federn quälst zum Beispiel."

„Ja, ganz toll! Mensch, Philip will was Romantisches!"

„Dann schreib doch einfach, wie das war, als du dich zum ersten Mal verknallt hast."

Daran dachte Kai ungern zurück und murmelte nur: „Lieber nicht. Aber du mit deiner Traumbeziehung", wandte er sich an Cora, „müsstest doch massenhaft Schmalz auf Lager haben."

„Der ist privat", wimmelte Cora ihn ab und ging, um die Tür zu öffnen, denn es hatte geklingelt.

Marie trat ein, mit Schlittschuhen über der Schulter und herzhaft niesend. Sie bekam gerade noch ihr „Hallo! Ich wollte zu Kai" heraus, bevor sie ein neuer Niesanfall schüttelte. „Gesundheit! Komm rein!", begrüßte Cora die Bedauernswerte.

Kai schenkte Marie kaum Beachtung, so sehr brütete er über dem Papier.

„Hi! Arbeitest du gerade an deinem Songtext?" Marie nieste erneut.

„Dich hat es wohl schwer erwischt", meinte Cora mitfühlend.

„Hm, leider ist Kai neulich ein bisschen zu spät gekommen, um mich vor den Grippeviren zu retten", und dann erzählte Marie Cora die ganze Geschichte mit den Schuhen und Paulas Überfall und Kais Rettungsaktion. Bei Maries Worten tauchte Kai plötzlich aus seinen Gedanken auf. „Das war echt eine Hammerstory", rief er erfreut und schien einen Einfall zu haben, denn er notierte irgendetwas auf dem Papier.

„Wenn Kai mich nicht auf seinem Rücken nach Hause getragen hätte, würde ich jetzt wahrscheinlich mit vierzig Fieber im Bett liegen", beendete Marie ihren Bericht. Cora riet ihr eindringlich, sie solle sich warm anziehen und viel heißen Tee trinken. „Soll ich einen aufsetzen?", fragte sie.

„Ein anderes Mal. Wir wollten auf die Eisbahn und ein paar doppelte Balzer und plumpsende Scholls hinlegen. – Auf geht's, Kai!", forderte sie ihn auf.

Der war allerdings ins Schreiben vertieft. „Sorry, ich kann jetzt nicht", äußerte er sich knapp. Marie konnte ihre Enttäuschung nicht verhehlen, Kai hatte ihr doch versprochen mitzugehen. Aber er ließ sich nicht erweichen. „Noch nie was davon gehört, dass man das Eisen schmieden soll, solange es heiß ist?" Mehr war aus ihm nicht rauszukriegen.

„Anscheinend hat ihn gerade die Muse geküsst", tuschelte Cora Marie zu. Die merkte, dass bei Kai nichts zu machen war, und wandte sich ungehalten in Richtung Tür. „Dann gehe ich eben alleine", sagte sie trotzig und verschwand.

Endlich war Kai zufrieden mit seinem Text. Gut, dass ihm durch Maries Erzählung die Schuhstory wieder eingefallen war. Er musste sofort zu Philip und ihm das brandneue Ergebnis präsentieren.

Kaum hatte Philip die Tür geöffnet, stürmte Kai mit den Worten an ihm vorbei: „Hi! Ich hab's."

„Hallo! Was denn?", fragte Philip etwas irritiert. Kai wedelte mit dem Blatt Papier. „Das ist die erste Strophe von einem gigantisch guten Rap, von mir für die Welt." Und ohne abzuwarten, ob ihn jemand aufforderte, fing Kai an, seinen Text zu rappen:

„Es war eiskalt und von Wärme kein Hauch.

Ich sagte: Komm, spring auf –

und ab gings durch die Nacht,

ich hätte nie gedacht,

dass ich in meinem Leben so was mach ..."

Das war so mitreißend, dass Philip vom Rhythmus gepackt wurde und mitwippte. „Nicht schlecht. Das hat was. Wie geht's weiter?"

„Der Rest kommt dann noch", beruhigte ihn Kai.

„Sag mal", frotzelte Philip grinsend, „höre ich das richtig raus, dass sich da zwischen Marie und dir was anbahnt?"

Kai wehrte ab: „Nicht die Spur. Das sind alles nur romantische Verzierungen. So was wolltest du doch."

„Die künstlerische Fantasie hat aber viel mit dem zu tun, was wir empfinden", setzte Philip nach, aber Kai stieg nicht darauf ein und betonte, er sei kein so verträumter Spinner, die Story habe er nur für seinen Song gebraucht.

„Ich wollte ja damit nur sagen, dass der Text einfach genial ist", besänftigte ihn Philip.

„Jetzt fehlt mir nur noch der passende Künstlername. Ich mach das Ding noch fertig, und wir sehen uns nachher im Daniels, okay?" Damit stürmte Kai schon wieder zur Tür hinaus.

Kai hielt Wort. Am Nachmittag erschien er mit dem fertigen Text im Daniels und hielt ihn Philip vor die Nase. Der vertiefte sich länger darin, als Kai lieb war. „Du sollst ihn nur lesen, nicht auswendig lernen!" Ungeduldig wartete er auf Philips Reaktion. Die kam dann prompt: „Was deine heldenhafte Rolle anbelangt, übertreibst du mal wieder gnadenlos. Aber bis auf die letzte Zeile ist der Text in Ordnung."

„Was hast du gegen die? Immerhin reimt sie sich auf die Vorletzte: ‚Doch auch das wird vergehen, wie die Spuren im Schnee, da kannst du noch so flehen, …‘ Ist doch fett", versuchte Kai, seine Version zu retten.

Fabian, der das Gespräch mitgehört hatte, mischte sich ein: „‚Keiner wird sie sehen‘ kommt besser."

„Genau", rief Philip, „er hat Recht", und sprach vor sich hin: „‚Doch auch das wird vergehen, wie die Spuren im Schnee, keiner wird sie sehen‘ Das ist es!"

Etwas widerwillig musste Kai einsehen, dass die Zeile passte.

„Na, was macht dein Text?", fragte Marie neugierig.

„Ist fertig. Ich hatte gerade die Mega-Idee für die letzte Zeile."

Bei Kais Worten sahen sich Philip und Fabian schmunzelnd an. Marie griff nach dem Blatt Papier. Sie wollte sich selbst von dem Meisterwerk überzeugen, aber Kai riss ihr den Zettel aus der Hand. „Keine Zeit. Das Ding wird sofort produziert."

Marie nahm das als Aufforderung mitzumachen, aber Kai bremste ihre Begeisterung: „Versteh das nicht falsch, aber für so ein Mastertape muss man voll konzentriert sein."

„Ich bin still wie ein Mäuschen."

Kai blieb unerbittlich: „Selbst Nagegeräusche können da stören."

Und Marie konnte nur enttäuscht zusehen, wie Kai und Philip ihre Jacken schnappten und sich auf den Weg machten, um den Song aufzunehmen. Philip drehte sich noch einmal um und rief Marie tröstend zu: „Nimm's easy! So viel verpasst du auch wieder nicht. Ciao!"

Frustriert sah sie in ihre Kakaotasse. Vielleicht wusste Fabian etwas. „Was hat Kai denn so über seinen Text erzählt?", versuchte sie Fabian betont gleichgültig auszufragen. Ohne Erfolg.

„Gar nichts. Aber Philip fand ihn ganz gut. Am besten, du wartest einfach ab", riet ihr Fabian. Das war nicht sehr nach Maries Geschmack, aber sie musste sich wohl oder übel in ihr Schicksal fügen.

Am Flipper stand schon die ganze Zeit eine Neue, die Marie noch nie im Daniels gesehen hatte. Jetzt kam sie an die Theke und bestellte noch eine Cola. Die Neue sprach Marie an: „Ziemlich cool hier."

„Kein Wunder. Wird ja auch von meinem Vater gemanagt", erklärte Marie, „warst du noch nie hier?"

Und dann stellte sich die Neue vor: Sie heiße Sandra und sei gerade erst nach Berlin gezogen. Morgen sei ihr erster Tag auf dem Victoria-Luise-Gymnasium.

Die macht ja einen echt netten Eindruck, dachte Marie und reichte ihr die Hand zum Einschlagen: „Willkommen im Klub. Dann sehen wir uns ab jetzt häufiger. Ich heiße Marie."

Sandra bekam von Fabian ihre Cola. „Sag mal", begann sie, „der Typ eben, der da neben dir stand …"

„Du meinst Kai?", unterbrach sie Marie.

„Genau! Ich habe vorhin so halb mitgekriegt, dass der irgendwas mit Musik macht."

„Kai hat es rapmäßig voll drauf", bestätigte Marie.

Sandra war sichtlich beeindruckt: „Ihr scheint euch ja gut zu kennen."

„Klar, wir hatten sogar schon mal ein Projekt am Laufen. … Ich meine natürlich musikmäßig. Er nimmt gerade seinen neuen Song auf", erwiderte Marie ein bisschen großspurig und tat so, als würde sie den bereits kennen: „Echt coole Nummer. Und ein ziemlich fetter Text."

Sandra war hellauf begeistert und bekundete, sie wäre furchtbar gern mal bei so einer Aufnahme dabei. „Können wir nicht einfach mal vorbeischauen und ein bisschen zugucken?", schlug sie vor, und als Marie zögerte, fügte sie hinzu: „Ich meine, wenn ihr so dick miteinander seid, ist das doch bestimmt kein Problem, oder?"

Jetzt war Marie in der Klemme, sie konnte nicht mehr zurück. „Quatsch, logo. Das geht schon klar", bestätigte sie schnell. Da muss ich wohl jetzt durch, dachte sie zerknirscht und ärgerte sich, dass sie so geprahlt hatte.

Als Sandra und Marie bei Kai ankamen, hatten Philip und Kai den Song bereits aufgenommen und Kai war beim Brennen der CD. Stolz und zufrieden hörte sich der frisch gebackene Star sein Produkt immer wieder an. Die letzten Takte waren gerade verklungen und Philip war in die Küche gegangen, um Saft zu holen, als Sandra und Marie eintraten. „Na", meinte Philip überrascht, „war die Neugier doch größer?"

Entschuldigend setzte Marie an: „Ich weiß, ihr wollt eure Ruhe haben, ..."

„Aber so richtig gejuckt hat euch das nicht", vollendete Kai den Satz.

„Das ist übrigens Sandra", stellte Marie ihre Begleiterin vor. „Als ich ihr von deiner Aufnahme erzählt habe, wollte sie dich unbedingt kennen lernen." Marie hoffte, sie hätte damit den Grund für ihren unerwünschten Besuch hinreichend erklärt.

Sandra stieg gleich voll ein: „Ich habe dich vorhin kurz im Daniels gesehen. Man hat sofort gemerkt, dass du irgendwas Kreatives machst." Das Kompliment ging an dem sonst so coolen Kai nicht spurlos vorüber, etwas verlegen murmelte er: „Sieht man das?"

Philip schmunzelte, als Kai abzulenken begann. „Ich hab da was. Quasi frisch aus der Presse", sagte er in feierlichem Ton und wedelte mit einer CD in der Luft herum, bevor er sie Marie reichte. Die konnte es kaum fassen: „Echt, für mich?"

„Du hast es erfasst", meinte Kai, und zu Sandra gewandt: „Und wenn du schon mal da bist!" Damit überreichte er der begeisterten Sandra ebenfalls eine CD.

Marie machte einen Schritt auf die Anlage zu und wollte die CD einlegen. Sie konnte es kaum erwarten, den Song zu hören. Das sei im Moment etwas ungünstig, bremste Kai, er sei gerade mit Brennen beschäftigt. So lange wollte Marie nicht warten. „Ich düse nach Hause. Kommst du mit?", forderte sie Sandra auf. „Nee, ich muss mich bei mir zu Hause mal wieder blicken lassen." Sandra bedankte sich noch mal, dann machten sich die beiden eilig auf den Weg.

„Macht mal Meldung, wie es gefällt. Vor allem der Text", rief ihnen Kai hinterher.

Marie legte nicht einmal ihre Jacke ab, als sie zur Tür hereinstürmte. Fabian stand am Herd und briet Würstchen. Mit einem knappen „Hi!" begab sie sich sofort zum CD-Player und legte die Scheibe ein. Fabians

Kommentar, „Lass mich raten: das Erstlingswerk eines guten Freundes?", hörte sie kaum, so aufmerksam lauschte sie der Musik. Verblüfft ließ sie es noch einmal durchlaufen, als es zu Ende war, und wurde immer aufgeregter, als sie merkte, wovon der Text handelte. „Das bin ja ich", stammelte sie, „ich meine, die Geschichte, als Kai mir gegen Paula geholfen hat."

„Er hat dir quasi den Song gewidmet. Eine nette Idee", bekräftigte Fabian. Gerührt hörte Marie das Lied immer und immer wieder und vergaß darüber das leckere Essen, das Fabian zubereitet hatte.

Als Sandra und Marie sich am nächsten Morgen vor der Schule trafen, um sich etwas zu essen zu kaufen, gab es nur ein Gesprächsthema: Kais CD. „Hast du schon reingehört?", fragte Marie neugierig.

„Was glaubst du denn!" Sandra war noch nicht sehr gesprächig.

„Wie findest du den Song?", bohrte Marie weiter. Und dann hielt Sandra mit ihrer Begeisterung nicht mehr hinterm Berg: „Superscharf! Ist total süß, wie der Typ das Mädchen rettet."

Marie platzte fast vor Stolz. „Rate mal, um wen es da geht!", begann sie vorsichtig.

„Keine Ahnung", gab die ahnungslose Sandra zurück, aber als sie Maries verschmitztes Lächeln sah, dämmerte es ihr: „Sag nicht, dir ist so was mal passiert!"

„Genau das", platzte Marie heraus, „Mir sind meine nagelneuen Turnschuhe abgezogen worden. Aber dann ist Kai gekommen ..."

„... und jetzt hat er einen Song daraus gemacht", ergänzte Sandra, „dir ist ja wohl klar, was das heißt."

„Was denn?", wollte Marie es genau wissen.

„Mann, der ist volle Kanne in dich verknallt."

Marie stockte einen winzigen Moment der Atem. Hatte sie sich das nicht selbst schon insgeheim gewünscht? Sofort schob sie diesen Gedanken wieder zur Seite und wehrte burschikos ab: „Kai, in mich? Wie kommst du denn auf so einen Quatsch?"

Aber Sandra ließ sich nicht von ihrer Meinung abbringen. „Aber hallo. Klarer kann er es kaum rüberbringen. Der Song ist so was wie ein Liebesbrief. Halt nur rund, in Silber und mit Musik."

Wenn Sandra nun Recht hatte? Unlieb war Marie der Gedanke nicht, aber sie war noch nicht wirklich davon überzeugt.

Am ersten Schultag nach den Ferien mussten sich alle erst mal wieder an den Unterricht gewöhnen. Endlich war Pause. Kai hatte sich die Kopfhörer seines Walkmans aufgesetzt und war ganz in die Musik vertieft. Er hörte nicht, wie Sandra ihn ansprach: „Na, wie kommt der erste Schultag?" Als er sie sah, nahm er die Kopfhörer ab. Sie wiederholte: „Ich fragte, wie der erste ... Gefällt es dir wieder hier?"

Übertrieben ironisch gab er zurück: „Spitzenmäßig, logen. Weißt du, wo Marie sich rumtreibt?"

Die sei kurz ins Lehrerzimmer gegangen, informierte ihn Sandra. Und dann erzählte sie, dass sie am vorigen Abend gleich noch seine CD gehört habe, „echt genial!" Das Lob ging Kai runter wie Öl. Stolz erkundigte er sich, ob Marie auch schon einen Kommentar abgegeben habe.

„Die hat sich nicht wieder eingekriegt." Sandras wissendes Lächeln sprach Bände. „Wenn für dich so ein Song geschrieben wird, …"

„Dann …?", fragte Kai.

Sie sah ihn mit einem breiten Grinsen an. Kai stutzte und schien dann zu begreifen: „Moment mal! Ich glaube, du verstehst da was falsch. Ich brauchte einfach auf die Schnelle ein Thema."

„Na klar, und da ist dir zufällig auf die Schnelle Marie eingefallen."

Kais hilfloses Nicken deutete an, dass er sich missverstanden fühlte. Sandra ließ sich davon nicht beeindrucken. Der konnte viel rumreden, sie blieb dabei: „Mir kannst du nichts erzählen. Du hast dich in sie verknallt und willst ihr das mit einem Song stecken." Damit war für sie die Debatte beendet und sie ließ den perplexen Kai einfach stehen, um zu ihren Mitschülerinnen rüberzuschlendern.

Irgendwie musste er das klarstellen, dachte Kai. Er hatte gar nicht bemerkt, dass Marie auf ihn zukam. Sie

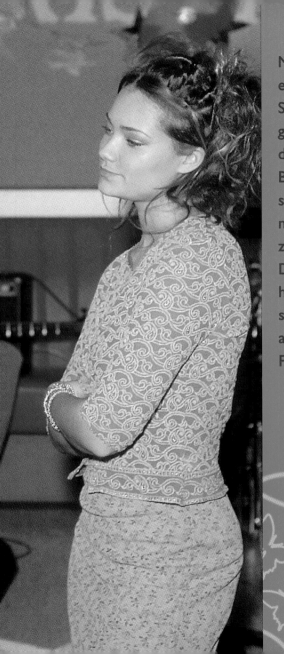

Marie ist
enttäuscht.
Sie hatte
gehofft, bei
der Band als
Background-
sängerin
mitmachen
zu können.
Die Jungs
haben aber
schon die
arrogante
Paula engagiert.

Ob das gut geht? Beim Song-Contest will Kai mit einem on Philip geklauten Lied auftreten. Marie ist skeptisch, aber Kai zerstreut ihre Bedenken.

„Die war ja krass daneben", urteilt Marie nach dem Gig über Paula. Kai versucht, sie zu beschwichtigen.

Wer ist der Richtige für Marie? Sandra befragt das Orakel, ..

...nd das antwortet: Kai und Marie sind füreinander bestimmt.

war immer noch überwältigt vor Freude, dass er ihr ein Lied gewidmet hatte, und strahlte ihn an: „Dein Song ist der absolute Knaller. Ich habe ihn mir ein paar Mal hintereinander reingezogen."

Kai war nicht wohl. Wie sollte er ihr sagen, dass da ein Missverständnis vorlag. Seine Anspannung stieg noch um einiges, als Sandra sich näherte und ihm unter Maries Augen etwas ins Ohr flüsterte. „Keine Angst, ich behalte dein kleines Geheimnis für mich", raunte sie ihm zu und machte sich wieder davon.

„Was hat sie denn gesagt?", wollte Marie wissen.

Jetzt oder nie, dachte Kai. „Irgendwie scheint deine neue Freundin den Text in den falschen Hals gekriegt zu haben", begann er. Marie verstand nicht, was Kai meinte. „Sandra? Wieso? Sie steht genauso auf die Scheibe wie ich."

„Kann ja sein. Aber sie glaubt doch tatsächlich, dass ich dir mit der Nummer so was wie ein Liebesgeständnis machen will." Jetzt war es raus, nur keine Verlegenheit aufkommen lassen. Betont witzig setzte er hinzu: „Echt abgedreht, die Alte. Was hat der bloß das Kleinhirn zerbrezelt?"

Marie fühlte sich wie vom Blitz getroffen und sog krampfhaft an ihrem Strohhalm, um die Situation zu überspielen. Da sie stumm blieb, redete Kai umso hektischer weiter: „Typisch Mädchen! Überall wittern sie sentimentale Geschichten. Deine Freundin hat zu viele Liebesromane gelesen."

„Nun krieg dich mal wieder ein!", war das Einzige, was Marie rauskriegte.

Aber Kai war jetzt in Fahrt. „Es ist nicht gegen dich. Aber in dem Song geht es einfach nur darum, ein romantisches Feeling rüberzubringen. Das hat mit der Realität nichts zu tun. Außerdem hat Philip darauf bestanden. Seit er mit Simon zusammen ist, sieht er nur noch rosa Herzchen." Marie lächelte gezwungen. Kais Redefluss war kaum zu unterbrechen. „Vielleicht sollte er sich mit deiner Freundin zusammentun. Die könnten sich gegenseitig Verse ins Poesiealbum schreiben."

„Hat es nicht gerade geklingelt?", fragte Marie. In Wirklichkeit hatte sie nichts dergleichen gehört, aber sie brauchte einen Vorwand, um das Gespräch beenden zu können. Es reichte ihr jetzt nämlich endgültig. Kai redete entschieden zu viel.

„Echt? Dann muss ich in die Klasse zurück. Mathe ..." Er packte die Gelegenheit beim Schopf, um zu verschwinden. Da er glaubte, die Sache nun ausführlich erklärt zu haben, sagte er abschließend: „Jedenfalls bin ich froh, dass du nicht auf dem gleichen Trip bist wie Sandra."

Marie ließ sich nichts anmerken und erwiderte betont kameradschaftlich: „Ich kenne dich doch. Wir sind Kumpel, das ist alles."

Als Kai schon fast am Eingang war, klingelte es. Komisch, hatte Marie sich verhört? Die hatte doch eben schon gesagt, es hätte geklingelt. Irritiert blickte er sich zu ihr um. Sie stand noch am selben Fleck und zuckte nur mit den Schultern. Nachdem er verschwunden war, musste sie sich nicht mehr zusammennehmen, und auf ihrem Gesicht spiegelte sich die Enttäuschung, die sie empfand.

Sandra saß bereits an einem Tisch im Daniels und wartete auf Marie. Sie dachte über Kai und Marie nach. Die beiden schlichen umeinander herum und taten so, als seien sie nur gute Freunde. Sandra fand, sie könnten ein bisschen Anschubhilfe gebrauchen, und betrachtete ihren Auftritt am Morgen als einen Schritt in die richtige Richtung.

Der Meinung schien Marie allerdings gar nicht zu sein. Die Tür im Daniels flog auf, und sie stürzte wütend auf Sandra zu. „Bist du eigentlich nicht ganz knusper in der Lampe? Was setzt du denn da für schwachsinnige Gerüchte in die Welt?"

Sandra schnallte so schnell gar nicht, wovon die Rede war. „Nun mal langsam. Wovon redest du?"

„Dass Kai in mich verliebt ist! Der Müll stammt doch von dir!"

„Stimmt ja auch", verteidigte sich Sandra.

„Der Typ ist ungefähr so verknallt in mich wie Ernie in Bert. Und du gehst hin und laberst ihn voll damit!" Marie redete sich richtig in Rage.

Sandra wurde immer kleinlauter. „Ich wollte nur mal die Lage checken."

„Toller Plan. Vielleicht kannst du mich vorher mal informieren!"

„Woher weißt du das überhaupt?", wollte Sandra wissen.

„Kai hat mich drauf angesprochen und sich grün gelacht. Voll peinlich, die Aktion."

Sandra verstand Maries Wut, sie selbst war sich aber keiner Schuld bewusst, im Gegenteil, sie wollte nur das Beste für die beiden, ganz ehrlich. „Dabei wärt ihr ein echt hübsches Paar", meinte sie bedauernd.

„Da ist Herr Scholl aber ganz anderer Meinung. Und dich geht das sowieso nichts an. In Zukunft halt dich gefälligst raus aus meinen Angelegenheiten", schnauzte sie Sandra an. Die versuchte einzulenken und sie zu beruhigen, aber bei Marie war nichts zu machen.

Warum war Marie bloß so nachtragend und sah nicht ein, dass sie nur in guter Absicht gehandelt hatte? Es bedrückte sie, dass Marie dachte, sie habe ihr schaden wollen. „Wo willst du hin? Wir waren doch verabredet", rief sie Marie nach, als die sich in Richtung Tür bewegte.

„Ich habe gerade abgesagt, falls du es nicht gemerkt hast", sagte Marie schnippisch, und weg war sie.

Sandra blieb noch eine Weile nachdenklich am Tisch sitzen. Sie mochte Marie und wollte sie nicht verlieren.

Sonja saß auf dem Sofa und blätterte in einer Modezeitschrift. Als Marie hereinkam, schaute sie auf und begrüßte sie erfreut. Marie grummelte aber nur einen unverständlichen Gegengruß vor sich hin. Sie war zu Sonja gegangen, weil sie mal mit einem vernünftigen Menschen reden musste. Sonja ignorierte ihre offensichtlich schlechte Laune und hielt ihr ein Foto von einem männlichen Model aus der Modezeitschrift vor die Nase: „Wie findest du den?"

„Ganz nett. Ist der Anzug von dir?" Nicht aus Interesse, nur aus Höflichkeit ging Marie auf Sonjas Frage ein.

„Ich meine nicht die Klamotten, guck dir mal den Kerl an!"

„Nicht mein Typ", antwortete Marie lapidar, im Moment konnte ihr das schärfste Model gestohlen bleiben. „Eigentlich bin ich nicht zu dir gekommen, um über Männer zu reden."

„Schade! Worüber dann?"

„Kai hat einen Song geschrieben. Da geht es um mich. Und Sandra, aus meiner Klasse, meint jetzt, er steht auf mich", fasste Marie den Stand der Dinge zusammen.

„Das liegt doch ziemlich nahe!"

„Wir sind nur Freunde, das ist alles."

„Hast du nicht gerade gesagt, wir sollten nicht über Männer reden?", amüsierte sich Sonja.

„Ist Kai ein Mann, oder was?", kam es ruppig von Marie.

„Ist er keiner?" Marie zuckte angesichts Sonjas rhetorischer Frage mit den Achseln. „Jedenfalls hat diese blöde Kuh ihm ins Gesicht gesagt, dass er angeblich in mich verknallt ist."

Sonja horchte auf. „Langsam wird es spannend. Wie hat er reagiert?"

„Er hat sich krank gelacht. Was meinst du, wie peinlich mir das war!"

Mitfühlend tröstete Sonja Marie: „So ein Idiot! Nimm das nicht ernst! Jungs in dem Alter sind manchmal richtig doof."

Marie machte etwas anderes viel mehr zu schaffen als Kais Reaktion, und das war Sandras Verhalten. Sie war so enttäuscht. Als Freundin macht man doch so was nicht, meinte sie.

Sonja war überzeugt, dass Sandra es nicht böse gemeint hatte. „Und tragisch ist das eigentlich nur in einem Fall", fuhr sie nach einer Kunstpause fort, „wenn du doch in Kai verliebt bist."

„Ich habe gerade gesagt, wir sind nur Freunde", brauste Marie auf. Sonja lächelte. „Dann verstehe ich nicht, warum du dich so aufregst."

Schon wieder hatte Marie dieses merkwürdige Gefühl, diesen feinen Stich in der Herzgegend. Sie sah Sonja an, als würde sie sich bei irgendwas Geheimem ertappt fühlen. Gedankenverloren griff sie nach einem der letzten Weihnachtskekse, die auf dem Tisch standen, und biss lustlos hinein.

„Was wäre eigentlich so schlimm daran, in Kai verliebt zu sein?", begann Sonja wieder, weil sie merkte, dass die Sache in Marie arbeitete. „Nichts", entgegnete Marie, „ich bin es nur einfach nicht. Der ist mir viel zu unreif."

„Und das ist nicht nur gekränkte Eitelkeit?", meinte Sonja skeptisch.

„Ich bin nicht eitel."

„Das ist jeder. Und wenn sich ein Typ darüber lustig macht, dass man in dich verliebt sein könnte, ist es absolut verständlich, wenn du beleidigt bist." Vorsichtig und mit Fingerspitzengefühl versuchte Sonja Marie dahin zu bringen, dass sie ihre eigenen Gefühle und Reaktionen verstand und akzeptierte. Marie war ein so hübsches und schlaues Mädchen, meinte Sonja, sie könnte jeden Jungen haben und sollte sich über Kai nicht weiter aufregen.

„Ich ärgere mich ja auch mehr über Sandra", warf Marie ein. Sonja war immer noch nicht überzeugt, dass Sandra aus Boshaftigkeit gehandelt hatte. „Glaubst du denn wirklich, sie wollte dir damit schaden?"

„Bis auf diese linke Nummer war sie bisher ganz nett. Eigentlich dachte ich, wir könnten Freundinnen werden." Maries Wut begann zu verfliegen, sie wurde unsicher.

Sonja bestärkte sie darin, Sandra eine Chance zu geben. Es wäre doch zu schade, wenn zwei Freundinnen, die sich mögen, durch so eine blöde Sache auseinander gebracht würden. „Verzeih ihr mal diesen kleinen Ausrutscher! Sicher war das ein bisschen dämlich. Aber das ist doch kein Grund, jemandem die Freundschaft aufzukündigen."

Nachdenklich saß Marie im Sessel. So betrachtet, stimmte es, was Sonja gesagt hatte. Es wäre wirklich schade, wenn sie sich mit Sandra verkrachen würde, sie hatten sich doch so gut verstanden bisher. Sie musste etwas unternehmen.

Das Orakel

Marie wollte Sonjas Rat befolgen und Sandra erst noch ein bisschen besser kennen lernen, bevor sie die Freundschaft abhakte. Sandra stand am Flipper und versuchte angestrengt, die kleine, silberne Kugel im Spiel zu halten. Ein bisschen zögernd, aber dennoch entschlossen bewegte sich Marie auf Sandra zu. „Na, wie läuft's so?", machte sie sich etwas verlegen bemerkbar. „Geht so." Sandra war auch nicht gerade die Unbefangenheit in Person. Marie gab sich einen Ruck: „Eigentlich hat sich ja Kai daneben benommen."

„Finde ich auch", stimmte Sandra gleich eifrig zu.

„Wäre doch Quatsch, wenn wir uns dann streiten."

„Bloß wegen einem Typ. Ich konnte ja nicht ahnen, dass der da gleich so einen Aufriss draus macht." Die Flipperkugel rollte ins Loch. Verloren. „Und dass ich mein Spiel verdödel, daran ist er auch Schuld", kommentierte Sandra ihren Verlust. Sie kramte in ihren Taschen nach einem Markstück, förderte aber nichts zu Tage. „Totalebbe."

„Bei mir auch. Wollen wir was trinken?"

„Ohne Kohle?", fragte Sandra skeptisch. Aber Marie wusste, dass sie auf Fabian zählen konnte. „Wozu gibt es denn Väter." Sie war so erleichtert, dass der Streit mit Sandra begraben war, und fand, dass es zur Versöhnung was richtig Gutes geben müsste. „Machst du uns mal zwei coole Drinks?", bat sie Fabian.

„Aber nur alkoholfrei", schmunzelte er angesichts der guten Laune seiner Tochter und begann sofort, zwei extra klasse Frucht-Cocktails zu mixen.

„Ist doch nicht schlecht, einen Barkeeper in der Familie zu haben", sagte Marie so laut, dass Fabian es hören konnte.

„Jedenfalls cooler als Bürgermeister."

„Dein Vater ist Bürgermeister?"

Er sei Bürgermeister gewesen, erzählte Sandra nun, in Sigmaringen, wo sie geboren sei und bis jetzt mit ihrer Familie gewohnt habe. Jetzt arbeitete er in einer Regierungsbehörde, deshalb war die Familie auch nach Berlin gezogen.

„Na dann Prost, die Damen!" Fabian stellte ihnen die Drinks auf die Theke. Sie stießen an und nahmen einen Schluck. „Hm, lecker, wirklich extraklasse", meinte Sandra.

Nun, da sie sich wieder vertragen hatten, stand die Gestaltung des Abends an. Der Klub war nicht drin angesichts der gähnenden Leere im Portmonee. Sie nuckelten nachdenklich an ihren Getränken. Was konnte man schon ohne das nötige Kleingeld anfangen. Marie hatte eine Idee. „Du könntest bei uns pennen, und wir machen es uns im Wohnwagen gemütlich."

„Eine Pyjamaparty? Au ja."

Gesagt, getan. Fabian musste noch um Erlaubnis gebeten werden, er war einverstanden: „Meinetwegen. Ich übernachte dann hier im Hinterzimmer." Dann konnte es losgehen, Sandra und Marie strahlten vor Freude um die Wette. „Auf den Abend!" „Prost! Auf den Abend!" Sie stießen an und zwinkerten sich dabei verschwörerisch zu.

Chips und Cola standen schon auf dem Tisch. Noch ein bisschen Musik, und es konnte so richtig gemütlich werden. Marie schaltete den CD-Player ein, und weil sie die CD vergessen hatte rauszunehmen, ertönte Kais Lied. Sie stöhnte auf, ausgerechnet von dem wollte sie heute Abend nichts hören.

Sandra und Marie hatten schon ihre Pyjamas an, wobei Sandra einen von Marie trug, der ihr viel zu klein war.

„Hast du den auch eine Nummer größer?", fragte sie etwas unglücklich.

„Ich kann dir einen von Fabian geben." Marie musste bei dem Gedanken lächeln.

„Da pass ich doch zweimal rein", lehnte Sandra ab.

Marie legte eine andere CD ein. Fetzige Musik erfüllte den Wohnwagen, genau das Richtige zum Tanzen. Und schon legten sie los und tobten ausgelassen durch den Raum. Immer wilder wurden die Bewegungen. Sie sangen und lachten, bis Marie plötzlich mit dem Arm gegen den CD-Player stieß und die Musik schlagartig verstummte. „Mist!" Erschrocken rückte sie das Gerät wieder zurecht und drückte auf ‚Play'. Gott sei Dank, die Musik begann wieder. Sie legte eine ruhigere CD ein.

„Das ist besser. Jetzt machen wir es uns gemütlich", sagte sie und warf sich etwas außer Atem auf die Bank.

„Hast du Kerzen?"

„Sind im Küchenschrank." Sandra ging in die Küche, um die Kerzen zu holen. Dabei fiel ihr ein Buchstaben-Spiel in die Hände. „Oh, cool! Wollen wir das spielen?", fragte sie begeistert. Marie war nicht so angetan. „Das ist doch öde!"

„Nicht nach meinen Regeln." Sandra tat geheimnisvoll.

„Und wie gehen die?"

Sandra packte das Spiel aus, nahm das Säckchen mit den Buchstaben und schüttelte es. Mit raunenden Worten verkündete sie: „In diesem Zaubersäckchen liegt deine Zukunft verborgen. Es kann dir sagen, welcher Junge für dich bestimmt ist."

Jetzt ist sie doch durchgeknallt, dachte Marie und grinste ungläubig. Andererseits wollte sie Sandra die Freude nicht verderben. Außerdem machte es vielleicht Spaß, ein bisschen Geisterstunde zu spielen.

Die Kerzen flackerten, draußen hörte man das Pfeifen des Windes. Sandra sprach mit leiser, bedeutsamer Stimme. „Gleich wissen wir es."

„Warum sprichst du so leise?", wollte Marie wissen und senkte ihre Stimme auch gleich um ein paar Tonhöhen.

„Um die Geister nicht zu vertreiben."

„Du hast wohl ne Roulade im Ohr?" Das glaubte sie doch wohl nicht im Ernst, dachte Marie. Sandra schaute Marie vorwurfsvoll an, schüttelte das Säckchen mit den Buchstaben und murmelte dabei Zauberworte vor sich hin. „Sakrosantodiabolokonfuziushertneckkrätzigpüschel." Marie musste unwillkürlich kichern.

„Ein bisschen mehr Ernst bitte. Sonst sind die Geister erbost", tadelte Sandra.

„Tschuldigung", rief Marie den Geistern zu, die sie irgendwo in der Luft vermutete. Sandra hielt ihr das Säckchen hin. Sie sollte einen Buchstaben ziehen, mit geschlossenen Augen. Und noch zwei. Marie legte die drei Buchstaben auf den Tisch: I-A-K, las sie. „Vielleicht ein Eskimo. Oder die Abkürzung für Internationale Angestellten Krankenkasse."

Da flackerte wie durch einen Windstoß die Kerze kurz auf, dann erlosch sie. Die Mädchen stießen einen Schrei aus, sie saßen im Dunkeln. „Die Geister. Sie sind böse geworden. Ich hab's dir ja gesagt", murmelte Sandra. Ein bisschen mulmig wurde Marie jetzt schon. Sie tastete sich zum Lichtschalter und war froh, als sie wieder etwas sehen konnte.

„Das gibt's doch nicht. Sieh mal!", rief Sandra Marie zu und wies scheinheilig auf die Buchstaben auf dem

Tisch, an deren Reihenfolge sie in der Dunkelheit, von Marie unbemerkt, ein wenig herummanipuliert hatte. Statt I-A-K ergaben sie nun den Namen K-A-I. Obwohl Marie an den ganzen Hokuspokus eigentlich nicht glaubte, blieb ihr doch die Spucke weg. Darauf musste sie sich erst mal einen Saft holen. Weissagung – von wegen, das war nichts als ein blöder Zufall. So leicht ließ sie sich nicht einwickeln, Sandras Geistern würde sie es zeigen.

„Lass mich noch mal ziehen. Ich werde dir jetzt beweisen, dass immer was anderes rauskommt. Also misch noch mal!", forderte sie Sandra auf.

„Spinnst du? Das ist gegen die Regeln. Du kannst nicht so lange rumprobieren, bis dir das Ergebnis passt. Aber bitte, wie du meinst. Für mich zählt allerdings nur das erste Ergebnis." Damit schüttelte sie den Beutel erneut und hielt ihn Marie zum Ziehen hin. „Wo bleibt deine Beschwörungsformel?" Sandra gab sich unerbittlich: „Kann ich mir sparen. Das hier gilt sowieso nicht."

Der Buchstabe, den Marie gezogen hatte, brannte wie Feuer in ihrer Hand. Erschrocken warf sie ihn auf den Tisch. Sandra nahm ihn auf, auch sie war beeindruckt: „Schon wieder ein K!" Völlig durcheinander stammelte Marie: „Das gibt es doch nicht!"

„Siehst du!", erwiderte Sandra, nun restlos überzeugt, dass ihre Theorie stimmte und das Orakel gesprochen hatte, „das Schicksal hat entschieden: Du und Kai, ihr seid füreinander bestimmt." Trotz ihrer Verwirrung wollte Marie nicht klein beigeben. „Das ist kompletter Schwachsinn", murmelte sie, wie um ihre eigenen Zweifel zu beseitigen, „und den Namen will ich heute nicht mehr hören, absolutes Tabu."

Sandra ließ nicht locker. „Du wirst dich schon an ihn gewöhnen. Schließlich ist er der Mann deines Lebens."

„Hör endlich auf mit diesem Geister-Krampf. Du glaubst doch nicht ernsthaft an so ein dämliches Orakel!"

Maries Ärger prallte an Sandra ab. Zur Bekräftigung ihrer Überzeugung erzählte sie von ihrem Vater, der auch, genau wie Marie, gar nicht überzeugt gewesen war, als Sandras Mutter das Spiel mit ihm gespielt hatte. Damals hätten sie sich erst kurz gekannt, und jetzt seien sie schon ein ganzes Weilchen verheiratet und hätten drei Kinder, nur weil ihr Vater den Namen ihrer Mutter gezogen habe. „Ohne das Orakel würde es mich gar nicht geben", schloss Sandra ihren Bericht.

„Mann, für wie dämlich hältst du mich eigentlich? Die Story kauft dir doch keiner ab."

„Ruf ihn an!", antwortete Sandra lapidar, „er wird dir alles bestätigen. Also finde dich damit ab: Du und Kai, ihr werdet ein Paar!"

Sandras Worte blieben nicht ohne Wirkung auf Marie. Auch wenn sie sich nach außen abwehrend zeigte, innerlich war sie aufgewühlt und verwirrt. Was

empfand Kai für sie? Und was waren ihre eigenen Gefühle für ihn? Irgendwie musste sie das rauskriegen.

Noch voll in diesem Gefühlswirrwarr betrat sie am
nächsten Tag das Daniels. Als sie Kai hinter der Theke sah, wollte sie sich schon unauffällig zurückziehen,
aber er hatte sie bereits entdeckt und rief ihr zu: „Hi,
wie geht's?" Um sich nichts anmerken zu lassen, gab
sie sich betont cool: „Alles im Grünen. Ich dachte eigentlich, Fabian hätte Schicht."

„Der trifft sich mal wieder mit dem Getränkelieferan-
ten. Willst du was trinken?"

Während Kai kurz Kaffee einschenkte, starrte Marie
gedankenversunken vor sich hin. Sie hatte seine Frage
gar nicht gehört. Kai bemerkte ihre Abwesenheit und
versuchte, sie mithilfe eines imaginären Funkgeräts
wieder in die Wirklichkeit zurückzuholen: „Miep-miep.
Erde an Mars, Erde an Mars", funkte er sie an, „miep-
miep. Gebt mir ein Zeichen, wenn ihr mich hört."
Peinlich berührt erwachte Marie aus ihren Träume-
reien. Kai wiederholte: „Falls du irgendwas in Glas
oder Tasse möchtest, musst du es mir nur mitteilen."

„Eine Cola, bitte. Mit Eis, wenn es geht."

„Logen geht das. Alles im Preis inbegriffen."

Versonnen betrachtete Marie Kai bei der Arbeit, als
wollte sie prüfen, was der Orakelspruch ihr aufgegeben hatte. Sie schreckte hoch, als sich auf einmal Nataly neben sie setzte. Kai wandte sich sofort mit seiner

ganzen Aufmerksamkeit dem neuen Gast zu und begann ein locker-flapsiges Gespräch mit Nataly.

Jetzt baggert der die doch tatsächlich an, deutete Marie die Situation etwas einseitig auf ihre Weise. Das alles machte sie völlig nervös. Sie musste zusehen, dass sie hier schleunigst verschwand. Konfus kramte sie aus ihrer Tasche zwei Fünfmarkstücke und legte sie auf die Theke. Ein Griff nach ihrer Schultasche, und schon strebte sie in Richtung Tür. „Ciao, ich hau ab!"

Kai bemerkte das Geld. „Hey, das ist zu viel. Das war doch kein Cocktail. Oder sollte das Trinkgeld sein?"

„Äh, ja, genau", stammelte Marie. Nur weg hier. Sie hielt die Situation kaum noch aus.

„Du spinnst wohl! Ich nehme von dir doch keine zweihundertundäh Prozent Trinkgeld."

„Zweihundertdreiunddreißig", warf Nataly präzisierend ein.

Marie nahm das Geld, das Kai ihr hinstreckte, murmelte „Entschuldigung. Ich hab nicht so genau hingesehen" und stürzte aus der Bar wie eine Verfolgte.

„Was hat sie denn?", erkundigte sich Nataly besorgt.

Doch auch Kai konnte sich Maries merkwürdiges Verhalten nicht erklären. „Frag mich nicht", brummelte er und schickte der Entschwundenen einen ratlosen Blick hinterher.

Völlig deprimiert traf Marie bei Sonja ein. Wie hatte sie sich nur so blöd benehmen können? Wie ein Idiot war sie im Daniels aufgetreten, total uncool. Sonja sah gleich, dass mit Marie etwas nicht stimmte. „Müsstest du nicht noch in der Schule sein?", unterbrach sie ihre Arbeit an den Skizzen und holte ein Glas Orangensaft für Marie aus der Küche.

„Deutsch ist ausgefallen", antwortete Marie einsilbig.

„Normalerweise machst du nicht so ein Gesicht, wenn du eine Freistunde hast", tastete sich Sonja langsam ran. Die Zurückhaltung war jedoch ganz überflüssig, denn Marie platzte gleich raus mit dem, was ihr auf der Seele lag. „Ich habe mich wie das letzte, blödeste, hirnrissigste Huhn benommen."

„Wie soll ich mir das denn konkret vorstellen? Vielleicht kann ich dir irgendwie helfen – wenn du es mir etwas genauer erklärst."

„Es hat etwas mit Kai zu tun", begann Marie kleinlaut. „Letztens meinte ich doch, dass er mir egal ist …" Sie war jetzt doch sehr froh, dass sie darüber reden konnte. Sonja verstand sofort.

„… aber das stimmt nicht …", beendete sie den Satz.

Marie schüttelte heftig den Kopf. Sonja musste ein Lächeln unterdrücken. „So weit hört sich das noch nicht besonders schlimm an. Du bist ein bisschen verliebt."

Antworten konnte Marie darauf nicht. Es war das erste Mal, dass sie sich selbst eingestand, in Kai verliebt zu sein. Sie biss sich auf die Lippen und nickte ergriffen. Umso schlimmer, dass er sie nach ihrem Auftritt im Daniels für nicht ganz zurechnungsfähig halten musste. Wenn er sie vorher jemals ganz nett gefunden hatte, jetzt hatte sie's verspielt.

„Er hat im Daniels mit Nataly rumgeflirtet, und ich habe mich zum Affen gemacht", seufzte Marie.

„Zwischen Kai und Nataly läuft was? Bist du dir sicher?" Sonjas Fragen drückten Zweifel aus, Kai und Nataly, das konnte sie sich nicht vorstellen. Wahrscheinlich hatte Marie in ihrer Eifersucht Gespenster gesehen.

„Er hat so Sprüche gemacht", charakterisierte Marie den Flirt.

„Was er sonst ja nie tut", kommentierte Sonja ironisch und fühlte sich in ihrer Annahme bestätigt. Auch Marie schien plötzlich ein Licht aufzugehen, das ihr Verhalten umso lächerlicher erscheinen ließ. „Ist auch egal. Du hättest mich mal sehen sollen! Ich habe viel zu viel gezahlt, war rot wie eine Tomate und beim Rausgehen bin ich fast gegen die Tür gerannt. Super Show!"

Sonja hatte Mitleid mit ihr und versuchte zu trösten. „Meistens denkt man immer nur selber, man war unmöglich. Die anderen haben das sicher gar nicht gemerkt." Das überzeugte Marie gar nicht. „Das nächste Mal, wenn ich Kai sehe", sagte sie verzweifelt, „versinke ich im Boden."

„Dich hat es aber ganz schön erwischt!"

„Mich hat einfach dieses blöde Orakel nervös gemacht. Wie soll man denn da locker bleiben?"

Nun verstand Sonja gar nichts mehr. Wovon redete Marie? Was für ein Orakel? Und dann erzählte Marie die ganze Geschichte mit Sandra und den Buchstaben, und dass sie ja eigentlich nicht daran geglaubt habe, aber Sandra total überzeugt war, dass Kai und sie füreinander bestimmt seien.

Sonja schmunzelte, worauf Marie sofort genervt reagierte. Sie war einfach ziemlich angespannt. „Du findest das alles höllisch witzig, was? Kannst du dir nicht vorstellen, wie das ist?"

„Entschuldige", sagte Sonja schnell, „ich lache nicht über dich. Ich habe auch mal ein Orakel befragt."

Marie horchte auf. „Und? Ist alles eingetroffen oder war das nur Quatsch?"

Sonja ging erst mal in die Küche und holte eine Packung Cracker aus dem Schrank. „Mal so, mal so", begann sie, „teilweise hat es wirklich haarscharf hingehauen. Und dann wieder überhaupt nicht."

„Ja und nein", stöhnte Marie. Woher sollte man denn wissen, ob es wirklich stimmte oder nicht, fragte sie Sonja. Die bot Marie Cracker an und meinte: „Am Ende ist entscheidend, woran du selber glaubst und was du möchtest. Wenn du dir darüber im Klaren bist, brauchst du eigentlich gar keinen Hokuspokus."

Marie hörte aufmerksam zu. „Ich will Kai, das weiß ich", sagte sie mit einer neuen Entschlossenheit, „aber er interessiert sich nicht die Bohne für mich."

„Das kann sich ändern. Schließlich verlieben sich

nicht immer alle Menschen gleichzeitig." Marie blieb skeptisch. Kai sah sie doch jeden Tag. Wieso sollte er auf einmal seine Meinung über sie ändern? Es war ja nicht so, dass er sie nicht mochte, er fand sie sicher nett, aber das war alles.

„Dann sieht er dich nicht als Frau. Da musst du ansetzen."

„Meinst du wirklich?"

„Klar, ich bin sicher, dass uns da was einfällt. Wie wär's mit einem kleinen Einkaufsbummel morgen. Deine Garderobe könnte eine kleine Auffrischung vertragen."

In Minirock und neuer Jacke, die alten Klamotten in Einkaufstüten in der Hand, schlenderte Marie in Sonjas Begleitung durch die Passage. Ohne Sonja hätte sie nicht den Mut gehabt, die Teile überhaupt anzuprobieren, und ohne ihren Zuschuss hätte sie die auch nicht kaufen können. Selbstbewusst betrachtete sie ihr Spiegelbild in den Schaufenstern. Das musste selbst Kai auffallen, sie sah viel erwachsener und weiblicher aus. Jäh wurde sie aus ihren Gedanken gerissen und zuckte aufgeregt zusammen, als Kai plötzlich vor ihr stand. Er war mit einer Musikzeitschrift aus dem Laden gekommen. Sonja trat diskret ein paar Schritte zur Seite. Kai erzählte begeistert von einem Hip-Hop-Konzert und seiner nun steil bergauf gehenden Rapper-Karriere und schlug Marie vor, ins Daniels zum Flippern zu gehen.

Marie blieb die ganze Zeit über einsilbig. „Was? Äh, flippern? Ja, super. Ich meine, mal sehen, ob ich Zeit habe."

„Ich bin auf jeden Fall da. Übrigens, frierst du nicht in dem Fähnchen?"

Sonja horchte von Ferne auf, da ging irgendetwas daneben. Marie war total irritiert und stammelte verlegen: „Wieso? Nein, irgendwie nicht."

Unbefangen setzte Kai nach: „Du bist echt reif für die Polarexpedition. Ich kriege schon vom Hingucken eine Gänsehaut. Dann bis später, ciao!", verabschiedete er sich und weg war er.

„Wirklich toll, wie der die Frau in mir entdeckt hat", kommentierte Marie sarkastisch und so laut, dass Sonja es hören konnte. Auch die stand perplex und ratlos da. „So ein Ignorant ist mir auch noch nicht untergekommen." Die Aktion war fehlgeschlagen, das mussten beide erkennen.

Frustriert begab sich Marie ins Daniels und war erleichtert, dass Kai noch nicht da war. Dafür stand Sandra am Flipper und sprach sie sofort bewundernd auf das neue Outfit an.

„Findet nicht jeder! Kai wollte nur wissen, ob ich nicht friere." Die Enttäuschung stand Marie immer noch ins Gesicht geschrieben.

„Hat der Tomaten auf den Augen?", staunte Sandra.

„Er hat im Moment nur seine Musik im Kopf. Oder es ist einfach nicht sein Stil."

Eine neue Taktik musste her, um Kais Interesse zu wecken, meinte Sandra. Auf Klamotten stand er ja offensichtlich nicht. Die Musik, Hip-Hop, das sei es. „Du musst voll einen auf Szene machen."

„Das ist doch überhaupt nicht mein Ding."

„Alles lässt sich ändern. Die Gelegenheit ist schon in Sicht, hier …", tat Sandra geheimnisvoll und wedelte mit einem Flyer in der Luft herum. „Das ist deine Chance, und schon heute Abend."

Die beiden konnten gerade noch kurz einen Schlachtplan entwerfen, bevor Kai hereinkam. Gut hörbar unterhielten sie sich über den bevorstehenden Abend.

„Ich habe noch keinen Schimmer, in welchem Outfit ich da heute Abend auftauchen soll. Du?"

„Geht mir genauso. Ich habe einfach zu viel Zeug im Schrank."

Die Wirkung ließ nicht lange auf sich warten. Neugierig gesellte sich Kai zu ihnen. „Wo wollt ihr denn hin?"

So als wäre sie in der Szene zu Hause und täte nichts anderes als auf den Partys rumzuhängen, informierte ihn Marie betont lässig über die Loft-Party von der Kunsthochschule. Leicht verlegen musste er zugeben, dass er davon tatsächlich noch nichts gehört hatte.

„Dann wird's ja Zeit, dass wir dir ein bisschen auf die Sprünge helfen", meinte Marie etwas herablassend. „Da legen nur die coolsten DJs auf, aus New York und so. Diesmal ist es Philip."

Kai biss an. „Klingt cool. Dann bin ich auch mit am Start. Wenn ihr mich mitnehmt, natürlich."

Sandra und Marie hoben gespielt gleichgültig die Schultern. „Hm, warum nicht." Kai deutete es als Zustimmung.

Insgeheim jubelte Marie. Das hatte wenigstens geklappt.

Vor dem Eingang vom Loft hatte sich eine Schlange gebildet. Sandra und Marie hielten sich etwas abseits, um nach Kai Ausschau zu halten. Sie hatten Stunden verbracht, die geeigneten Klamotten rauszusuchen, sich zu schminken und sich von Sonja die Haare hochstecken zu lassen, bis sie mit dem Ergebnis zufrieden waren. Mit Sonja war vereinbart, dass sie um zwölf wieder zu Hause waren und beide bei Sonja übernachten durften. Kai fand es offenbar uncool, pünktlich zu sein. Er ließ auf sich warten, bevor er im Eilschritt die Treppe heraufkam, beeindruckt von der Menge der wartenden Leute. Alle drei stellten sich hinten an.

Sandra und Marie gaben sich insidermäßig. „Weißt du noch das letzte Mal? Als sich der New-Yorker DJ mit dem Berliner einen Soundclash geliefert hat? Das war absolut fett."

Kai stieg voll ein: „Mist, dass ich das verpasst habe. Wieso hast du mir nicht Bescheid gegeben? Noch mal passiert mir so was nicht." Ungeduldig fügte er hinzu: „Wieso dauert das denn so lange da vorn?"

Endlich waren sie vorgerückt bis zur Tür. Der Türsteher winkte Sandra und Kai durch. Als aber Marie ebenfalls eintreten wollte, hielt er sie zurück. „Du bleibst hier!"

„Wieso denn?", wunderte sich Marie.

„Weil das hier kein Kindergeburtstag ist."

Die Worte trafen Marie wie ein Schlag in den Magen. Unendlich peinlich war ihr die Situation, wie ein kleines Kind abserviert zu werden, und dann noch vor Kais Augen. Am liebsten wäre sie im Erdboden versunken. Sandra und Kai kamen zu ihr zurück, als sie gemerkt hatten, dass sie ihnen nicht folgte. Kai wandte sich an den Türsteher: „Sie wirkt jünger, als sie eigentlich ist. Das haben wir schon oft gehört." Aber das ganze Reden, alle Versuche blieben ohne Erfolg, Marie wurde nicht reingelassen.

Tapfer versuchte sie, vor Kai das Gesicht zu wahren und ihre Rolle als versierte Partygängerin weiterzuspielen. „Ich weiß echt nicht, warum es diesmal nicht geklappt hat. Sonst lassen sie mich immer rein ..."

Aber jetzt durchschaute Kai die Lüge und sah sie schmunzelnd und wissend an. Marie tat ihm fast Leid, so niedergeschlagen hatte er sie selten gesehen. Und Kai bewies Größe. Statt sie bloßzustellen, legte er ihr behutsam den Arm um die Schulter und tröstete sie: „Nimm es nicht so tragisch. Wir können was Besseres mit dem Abend anfangen."

Die Laune war nicht gerade die beste, als die drei mit Pizzakartons zu Sonja in die Wohnung kamen. So ganz hatten sie sich von der Abfuhr noch nicht erholt. Sonja wunderte sich natürlich, dass sie schon so früh von der Party zurück waren, und sie erzählten von dem arroganten Türsteher, der Marie nicht reingelassen hatte.

„Wahrscheinlich hat ihm deine Nase nicht gepasst. Oder du erinnerst ihn an seine Ex-Freundin", tröstete nun auch Sonja die immer noch frustrierte Marie.

„Genau", stimmte Kai aufmunternd zu, „das mit dem Alter war nur vorgeschoben. Bei solchen Typen ist es üblich, dass jeder Zwanzigste draußen bleiben muss. Egal, wen es gerade trifft. Vergiss es einfach. Jetzt kommt der angenehme Teil des Abends." Und damit packte er die Pizzas aus. Panne Nummer zwei an diesem Abend: Marie hatte eine Schinkenpizza bestellt, aber eine mit Peperoni bekommen, die sie überhaupt nicht mochte. Das hätte nicht unbedingt noch passieren müssen, die Pleite mit der Party hatte schon gereicht. Sie grummelte vor sich hin: „Man fühlt sich wirklich toll, wenn man von allen wie ein Kind behandelt wird und dann noch die falsche Pizza bekommt. Als Teenager hat man's nicht leicht."

„Sie hat den Teenagerblues", begann Kai rhythmisch zu skandieren und improvisierte auch eine Melodie dazu: „Teenager haben's echt nicht lei-ei-eicht …"

„Mach dich nur über mich lustig!", beklagte sich Marie, nun schon etwas besser gelaunt.

Das nahm Kai sofort auf und setzte es in Gesang um: „Alle machen sich nur lustig über sie …" Dann war der Damm gebrochen, und Kai legte richtig los mit dem Singen: „Sie heißt Mari-i-ie. Und sie ha-a-at den Teenagerblues. Teenager haben's echt nicht lei-ei-eicht."

Sandra und Sonja konnten sich kaum halten vor Lachen und fielen in den Gesang mit ein. Da konnte auch Marie nicht länger die Gekränkte spielen und lachte mit den dreien um die Wette.

„Hey! Was ist das denn? Marie Balzer lacht!", frotzelte Kai. Er freute sich, dass er sein Ziel erreicht hatte.

Sandra hält Wort

Sonja hatte etwas Mühe, die beiden Mädchen am nächsten Morgen aus dem Bett zu kriegen. Es war spät geworden, das spiegelte sich auf ihren Gesichtern. Verschlafen setzten sie sich an den Tisch zum Frühstücken. Alle waren sich einig, dass es ein netter, lustiger Abend war, viel besser, als die Party je hätte werden können – und das vor allem dank Kai. Wie er den Teenagerblues für Marie erfunden hatte, einfach Spitze.

Der kriegte einen immer zum Lachen, wenn er wollte, meinte Marie, so sei er nun mal. Aber da widersprach Sandra vehement: „Mensch, schnallst du es immer noch nicht? Kai ist total verknallt."

Nach der Schule, die sie mühsam überstanden hatten, trafen sich Sandra, Marie und Kai in der Passage. Der Unterricht war doch immer wieder öde, stellten sie fest und überlegten, was sie mit ihrer Freizeit anfangen sollten, die dank einiger ausgefallener Stunden etwas großzügiger ausfiel als sonst. Kino, schlug Kai vor, er habe schon lange keinen Action-Film mehr gesehen. Aber Sandra wollte lieber in den neuen Julia-Roberts-Streifen, der sollte superromantisch sein. Marie warf einen bedenklichen Blick auf Kai, der auf solche Sachen eigentlich nicht stand. Aber merkwürdigerweise war er gleich einverstanden und versprach, die beiden später beim Wohnwagen abzuholen. Verliebt sah Marie ihm nach. Kam es ihr nur so vor, oder war er tatsächlich etwas verlegen? Vielleicht hatte es bei ihm inzwischen ja auch gefunkt.

Im Wohnwagen fing Sandra auf einmal an herumzuräumen, die Jalousien herunterzulassen, Kerzen aufzustellen.

„Was machst du denn da?", fragte Marie erstaunt, „wir ziehen doch sowieso gleich ab."

„So war es geplant", erwiderte Sandra schelmisch, „aber es wird anders laufen. Ich verdrücke mich nämlich vorher."

Marie verstand nicht, was Sandra meinte, sie reagierte sauer. „Du kannst mich doch jetzt nicht hängen lassen!"

„Mann, Marie, schalt mal die Synopsen auf Verständnis! Das ist *die* Gelegenheit! Ich lass euch zwei alleine, und du krallst ihn dir."

Marie war nicht angetan von der Idee. Kai wollte doch ins Kino, wieso sollte er seine Meinung ändern und den Nachmittag mit ihr im Wohnwagen verbringen? Außerdem glaubte sie, er würde sofort alles durchschauen, und dann würde es superpeinlich für sie werden. Aber Sandra war überzeugt, dass Kai nur darauf wartete, mit Marie allein zu sein. „Er steht auf dich, das ist bewiesen. Er hat für dich einen Song getextet. Er hat die Party sausen lassen, weil du nicht rein konntest … Was willst du mehr?" Sandra ließ ihr gar keine Wahl und verschwand einfach. „Zu deinem Besten", wie sie beim Abschied versicherte.

Nervös tigerte Marie im Wohnwagen hin und her und legte eine CD ein. Als Kai klopfte, fuhr sie erschrocken zusammen. Der wunderte sich beim Eintreten über die schummrige Beleuchtung und noch mehr über die Mitteilung, dass Sandra nicht mitkommen würde ins Kino, weil sie Fieber hätte. Marie war so aufgeregt wegen ihrer Lüge, dass sie den leicht enttäuschten Unterton in seiner Stimme nicht bemerkte, als er fragte, was mit Sandra los sei.

Ob sie allein gehen sollten, wollte Marie wissen.

„Klaro. Der Film ist ohne sie ja genauso gut."

Kais Antwort ließ Marie erleichtert aufatmen. Verliebt setzte sie sich neben ihn und zeigte ihm einige neue CDs.

„Spitze, die musst du mir mal ausleihen", bat er sie.

„Geht klar, kein Problem, nimm sie mit."

Kai druckste ein bisschen herum. „Wollen wir uns wirklich diesen Julia-Roberts-Film reinziehen?", fragte er zögernd.

War das jetzt eine Andeutung, dass er lieber hier bleiben würde?, dachte Marie. Dann hätte Sandra doch Recht gehabt. Warum musste sie nur immer so misstrauisch sein. Wahrscheinlich wollte er wirklich lieber mit ihr allein sein. Gespielt überrascht sagte sie: „Vorhin warst du doch noch ganz scharf darauf."

„Diese nervenaufreibenden Romantikthriller sind nicht so ganz mein Fall."

„Meiner auch nicht", stimmte Marie zu und rückte ein Stück näher an Kai heran. Der wurde nun mutig und rückte mit der Sprache heraus: „Ich wollte nur gerne mit euch was machen, um Sandra besser kennen zu lernen."

Marie begriff nicht gleich. „Sandra ...?"

Verlegen setzte Kai nach: „Ich finde die echt supersüß. Kannst du mir mal ein Date mit ihr machen?"

Da verschlug es Marie die Sprache, kein Wort bekam sie heraus. Kai dagegen, da es nun einmal raus war, fuhr unbekümmert fort: „Oder du steckst mir, wo sie gerne hingeht. Dann könnte ich sie da überraschen."

Mühsam bewahrte Marie die Fassung. Innerlich ging alles drunter und drüber, aber nach außen gab sie sich völlig cool, sodass Kai nicht das Geringste merkte. „Wenn du was mit Sandra machen willst, musst du dich schon selbst darum kümmern", sagte sie knapp, stand auf und wandte sich ab, weil nun doch die Tränen kommen wollten.

„Ich dachte nur", begann Kai wieder, „du könntest mal für mich vorfühlen. Redet sie manchmal über mich?"

„Frag sie doch selbst!" Marie kämpfte mit den Tränen. Etwas irritiert blickte Kai auf Maries Rücken, wusste nicht so recht, was die Abwendung zu bedeuten hatte und beschloss, das Thema fallen zu lassen.

„Jetzt wird es aber Zeit fürs Kino, sonst verpassen wir noch die Werbung!", forderte er Marie zum Gehen auf. „Kommst du?"

„Klar", erwiderte Marie betont munter und wischte sich verstohlen eine Träne aus dem Augenwinkel.

Kai hatte statt der Julia-Roberts-Romanze einen Action-Thriller vorgeschlagen. Marie konnte sich die ganze Zeit überhaupt nicht konzentrieren, zumal Action-Filme nicht gerade zu ihren Lieblingsstreifen gehörten. Aber einen Liebesfilm hätte sie jetzt noch weniger ertragen können. Sie war froh, als die Vorführung vorüber war. Anschließend ging sie mit Kai ins Daniels. Sie nahm sich schon sehr zusammen, um sich nichts anmerken zu lassen, aber manchmal starrte sie einfach unglücklich auf die Tischplatte. Nur weg hier, dachte sie, ich halte das langsam nicht mehr aus.

„Ich muss so allmählich nach Hause, Hausaufgaben machen", bereitete sie ihren Rückzug vor.

„Wir haben doch gerade erst bestellt!"

Das stimmte, so lange musste sie noch warten. Zu allem Überfluss tauchte auch noch Sandra auf. Der war die Situation sichtlich unangenehm und sie wollte sich sofort wieder verdrücken, aber Kai hatte sie schon erspäht und rief sie zu sich.

„Bist du wieder fit? Ging ja schnell!"

„Äh, ja, war nur ne kurze Fieberattacke", beeilte sich Sandra zu erklären. Neugierig sah sie Marie an, ob die irgendein Zeichen gab, wie das Treffen mit Kai gelaufen war. Sie sah nicht gerade superglücklich aus. Sie überlegte gerade, wie man Kai für einen Moment weglotsen könnte, da kam ihr das Schicksal zu Hilfe. Fabian bat Kai, ihn hinter der Theke zu vertreten, er müsse mal kurz weg. Kaum war er außer Hörweite, flüsterte Sandra Marie zu: „Jetzt erzähl schon! Wie ist es gelaufen?"

„Vergiss es! Der wollte mit dir, nicht mit mir alleine sein. Er hat gefragt, ob ich nicht mal etwas drehen kann, damit du dich mit ihm triffst. Weil er dich ‚so süß' findet. Und weil wir doch so gut befreundet sind."

„Im Ernst? Der Idiot! Du hast ihn hofffentlich sofort rausgeschmissen."

Marie verneinte. „Ich habe ihm gesagt, dass er dich schon selbst fragen muss. Im ersten Moment war ich total geschockt."

Sandra beruhigte sie: „Kann ich verstehen. Aber mach dir keine Sorgen. Den Blödsinn treibe ich ihm wieder aus, das schwör ich dir."

Überrascht und gerührt, dass die Freundin so zu ihr hielt, fragte Marie: „Das würdest du für mich machen?"

„Na hör mal", sagte Sandra im Brustton der Überzeugung, „ihr beide seid füreinander bestimmt. Sehe ich so aus, als würde ich mich mit dem Schicksal anlegen? Sei ganz unbesorgt, ich mach das schon."

Kai kam an ihren Tisch zurück. Ob sie für den Rest des Abends schon was vorhätten, erkundigte er sich, man könne ja vielleicht zusammen essen. Marie verabschiedete sich, sie hätte keine Zeit, die Hausaufgaben … Ach ja, Kai lächelte dankbar, er vermutete in ihrem Rückzug ein taktisches Manöver, ihm nämlich zu dem gewünschten Einzel-Date mit Sandra zu verhelfen. Sandra dagegen bekundete großen Hunger und nahm Kais Einladung, irgendwo essen zu gehen, dankbar an. Marie, die nicht wusste, was Sandra vorhatte, verließ etwas bedrückt das Daniels. Immerhin hatte ihr Sandra noch zugezwinkert, vielleicht sollte sie ihr einfach vertrauen. Aber wieso ging Sandra dann mit Kai essen?

Vertrauen ist nicht so leicht, dachte Marie auf dem Weg zu Sonja, der sie wieder mal ihr Herz ausschütten musste. Sie fiel gleich mit der Tür ins Haus, als sie bei Sonja eintrat. „Kai hat sich in Sandra verknallt."

Sonja lackierte sich gerade die Fingernägel und stoppte augenblicklich, als sie das hörte. „Oh nein! Das gibt's doch gar nicht!"

Marie hatte sich aufs Sofa geworfen und nun, da es raus war, konnte sie die Tränen nicht mehr zurückhalten. Sonja setzte sich neben sie, checkte kurz, ob der Nagellack trocken war, und nahm sie in den Arm.

„Er wollte sogar, dass ich ihn mit Sandra zusammenbringe", erzählte Marie verzweifelt, „aber ich bin trotzdem in ihn verknallt. Und Sandra hat gesagt, dass wir vom Schicksal füreinander bestimmt sind."

Sonja wurde ernst. Es war wohl an der Zeit, dass sie

ein paar Takte mit Marie redete. „Pass mal auf", begann sie, „ich glaube, ich muss dir mal was sagen über die Männer und die Liebe. Dass zwei Menschen füreinander bestimmt sind, das gibt's nur im Märchen." Sonja machte eine Pause, weil sie Marie misstrauisch die Stirn runzeln sah, fuhr dann aber fort: „Das Leben funktioniert leider nicht wie ein Liebesroman. Je eher dir das klar ist, desto besser."

Ein schwerer Seufzer bekundete Maries Ratlosigkeit. „Und was soll ich jetzt machen?"

„Du hast zwei Möglichkeiten. Entweder du vergisst den Kerl oder du lässt dir was einfallen, wie du ihn dir doch noch angeln kannst", war Sonjas abschließender Rat. Damit wandte sich sich wieder ihren Fingernägeln zu.

Möglichkeit eins konnte sie vergessen, so wie Kai ihr im Kopf herumging. Blieb also zu überlegen, was sie noch tun konnte, um ihn zu gewinnen. Mit diesen Überlegungen beschäftigt, machte sie sich auf den Heimweg. Sie ging gedankenversunken durch die Passage und blieb überrascht stehen, als sie Kai auf sich zukommen sah. Der war auch erstaunt, sie zu sehen.

„Ich denke, du schwitzt über deinen Hausaufgaben?"

Marie zuckte nur die Schultern, ohne zu antworten.

„Wo ist denn Sandra geblieben?", fragte sie verwundert, weil sie die beiden noch beim Essen vermutete.

Unwirsch brummelte Kai: „In der Bar, zu Hause, was weiß ich. Das will ich gar nicht so genau wissen."

Interessiert bohrte Marie nach: „Was war denn?"

„Drei mal drei Kreuze, dass ich sie wieder los bin. Tut mir Leid, aber die Frau ist eine einzige Zumutung."

Nur mühsam konnte Marie ein Grinsen verbergen, Sandra musste ganze Arbeit geleistet haben. Gespielt mitfühlend fragte sie weiter: „Echt? Das verstehe ich gar nicht" und lockte damit Kai aus der Reserve.

„Ich habe sie zum Essen eingeladen. Mit einer normalen Pizzeria ist die Dame aber nicht zufrieden. Es musste der ‚Fasan' sein. Und dann bestellt sie Kaviar und Champagner, das Teuerste, was sie auf der Karte finden konnte. Sie ist so ein mieser Snob, wie konnte ich nur auf die Idee kommen, dass sie nett ist?"

Marie gab sich mitfühlend. „Das ist ja total fies. Sie weiß doch genau, dass du nicht so viel Kohle hast. Komisch, wenn ich mit ihr zusammen bin, ist sie ganz anders."

„Offenbar kann sie sich gut verstellen. Ich habe sie jedenfalls durchschaut."

„Und jetzt interessiert sie dich nicht mehr?", wollte Marie wissen.

„Genauso viel wie der Matsch unter meinen Schuhen", sagte er flapsig und dann schlug er vor, zu einer Runde Flippern ins Daniels zu gehen.

Ganz kurz war Marie in Versuchung mitzugehen. Aber sie widerstand. Irgendwie hatte sie das Gefühl, sie sollte ihn eine Weile zappeln lassen, einfach ignorieren. Dass er sich in Sandra verknallt hatte, war noch nicht ganz vergessen. Wie Sandra sich dagegen verhalten hatte, war total klasse, eine Freundin, die wirklich zu ihr hielt. Das hatte sie sich immer gewünscht.

Schnell sagte sie: „Geht leider nicht. Ich muss weiter. Wir sehen uns. Ciao" und ließ den verwunderten Kai einfach stehen.

Auch in der folgenden Zeit machte sie um Kai einen Bogen, und das blieb ihm nicht verborgen. Als sie sich einmal zufällig in der Passage vor Charlies Laden trafen, merkte sie an ihrer Beklommenheit, dass die Sache mit Kai noch nicht vorbei war. Er dagegen drückte seine unbefangene Freude aus, sie mal wieder zu sehen. „Du machst dich in letzter Zeit ziemlich rar. Man könnte fast meinen, dass ich dir was getan habe", scherzte er.

Marie stotterte verlegen: „Blödsinn! Ich habe einfach ziemlich viel um die Ohren im Moment. Hausarbeiten und so. Jetzt mache ich auch noch bei der Schülerzeitung mit."

„Lass dich von der Schule bloß nicht so stressen! Wenn nicht mal Zeit für eine gepflegte Partie Flippern bleibt, läuft beim Zeitmanagement irgendwas schief." Mit dieser indirekten Aufforderung, ins Daniels zum Flippern zu gehen, hatte er allerdings bei Marie keinen Erfolg.

„Demnächst spielen wir mal wieder eine Runde", beteuerte sie hastig, „jetzt muss ich aber los." Fast fluchtartig verließ sie die Passage. „Ich hab noch CDs von dir", rief er ihr hinterher, aber das hörte sie schon nicht mehr. Merkwürdig, dachte Kai, irgendwas war mit Marie los, er konnte sich nur nicht erklären, was.

„Oh, Mann, war das heftig! Ich habe dagestanden wie … ich sag's lieber nicht", kommentierte Marie später im Wohnwagen Sandra gegenüber ihr Verhalten. Die beiden probierten vorm Spiegel verschiedene Lippenstifte aus, aber Marie war nicht ganz bei der Sache. Sie dachte an die peinliche Begegnung mit Kai. Immer gehemmter wurde sie in seiner Gegenwart, sie stotterte und hörte nicht zu, es war nicht mehr zum Aushalten.

„Du meinst, so richtig mit Zittern, Herzklopfen und dem ganzen Programm?", wollte Sandra wissen.

Marie deutete auf ihren Hals: „Bis hier oben hin."

Sandra spielte Ärztin und diagnostizierte als Krankheit Verliebtsein im akuten Stadium.

„Ha, ha. Sehr weise Frau Doktor. Und die Medizin dagegen?"

„Das wird mit der Zeit schon besser. Hier, probier mal die Farbe, schminken lenkt ab." Sandra reichte Marie einen dunkelroten Lippenstift.

„Wenn es so weitergeht, falle ich wahrscheinlich irgendwann einfach tot um, wenn Kai vor mir steht. Da kann ich mir die Lippen noch so sexy anmalen. Der denkt bestimmt schon, dass ich nicht mehr ganz rund laufe."

„Du machst dich total verrückt", meinte Sandra und riet der Freundin, sie solle mal an was anderes denken, das mache sie wieder lockerer. Marie stimmte seufzend zu und erzählte, dass sie heute zu dem ersten Redaktionstreffen der Schülerzeitung ginge, wo sie zukünftig mitmachen wolle.

„Da willst du echt hin? Obwohl deine Spezialfreundin Inka mitmischt? Der Chefredakteur, dieser Torsten, ist doch voll in die verknallt. Die wird die dicken Ansagen machen, und ihr dürft danach turnen", gab Sandra zu bedenken, die auch schon das Vergnügen hatte, Inkas Bekanntschaft zu machen.

Marie wusste, dass es mit Inka nicht leicht werden würde, aber sie sah das Ganze auch unter dem Aspekt Ablenkung. „Du hast doch selbst gesagt, dass ich auf andere Gedanken kommen soll. Da kommt mir diese Nervkröte Inka gerade recht."

Und so machte sie sich später am Nachmittag auf den Weg ins Daniels, wo die Redaktionssitzung stattfinden sollte. Die anderen Schüler hatten schon zwei Tische zusammengeschoben und fingen an, die neue Ausgabe der Schülerzeitung zu diskutieren. Marie ging erst an die Theke und begrüßte Fabian. Der drückte ihr ein paar CDs in die Hand mit der Bemerkung, die habe Kai für sie abgegeben und er habe sich beschwert, dass sie sich gar nicht mehr melden würde. Ob sie Stress mit ihm habe. „Nicht direkt", sagte Marie ausweichend. Mehr konnte sie gar nicht sagen, denn Inka kam zur Theke, um etwas zu trinken zu bestellen, und machte sie gleich von der Seite an: „Und du willst wirklich bei der Schülerzeitung mitmachen?"

Diese Schlange, dachte Marie, bloß nicht klein beigeben. „Was dagegen? Oder hast du die Bleistifte abgezählt", konterte sie.

„Du darfst uns Redakteuren gern den Rücken frei halten. Kopieren, zur Post latschen, was halt so anfällt", erklärte Inka von oben herab und spielte ihre Beziehung zum Chefredakteur Torsten voll aus. Genervt folgte Marie ihr zum Tisch.

Es war mehr als deutlich, dass Inka sie nicht dabei haben wollte. Dazu war ihr jedes Mittel recht, auch die Lüge. Denn als Torsten fragte, ob jemand eine Idee für die dritte Seite habe, behauptete Inka, Marie hätte rumgetönt, was man alles besser machen könnte an der Zeitung. Das war glatt gelogen, aber nun war Marie im Zugzwang. Alle Vorschläge, die sie machte, wurden von Inka höhnisch abserviert, auch der, ein Portrait von einem interessanten Schüler zu bringen. Als im Hintergrund Kais CD ertönte und einige der Schüler sich begeistert über den Song äußerten, kam ihr die zündende Idee.

„Der ist von Kai, einem guten Freund von mir. Wie wär's, wenn wir ein Interview mit ihm machten?"

Inka wiegelte auch den Vorschlag sofort ab: „So ein Schwachsinn. Wer will schon wissen, was so ein Möchtegern-HipHopper von sich gibt?"

Aber da hatte sie nicht mit den anderen Schülern gerechnet, die die Idee spitze fanden, und selbst Torsten sprach sich dafür aus. Gewonnen, dachte Marie. „Klasse, dann mache ich sofort mit Kai einen Termin klar."

Aber Inka gab nicht so leicht auf. Das sollte jemand machen, der schon länger dabei ist, keine Anfängerin, wandte sie sich betont sanft an Torsten. Und tatsächlich pflichtete er ihr bei und sagte zu Marie: „Dafür fehlt dir die Erfahrung. Inka übernimmt den Job."

Marie konnte ihre Enttäuschung nicht verbergen. Das war's dann wohl, da kriege ich kein Bein auf den Boden, dachte Marie, als sie auf dem Heimweg war. Sie war fest entschlossen, die Schülerzeitung wieder aufzugeben und auch später nicht in die Redaktion zu gehen, wo sich alle treffen wollten. Elisabeth Meinhart kam ihr entgegen und fragte sie, wie die Sitzung gelaufen sei. Sie habe es sich überlegt, sie steige wieder aus, antwortete Marie, wollte aber von ihrem Streit mit Inka nichts erzählen.

„Irgendwie ist diese Schreiberei nichts für mich", redete sie sich heraus. Aber Elisabeth durchschaute die Ausrede und ermunterte sie so sehr, weiterzumachen, dass Marie schließlich einwilligte. Okay, sie konnte es ja noch mal versuchen und sie wollte keinesfalls den Eindruck entstehen lassen, sie hätte vor dieser blöden

Zicke Inka gekniffen. Schließlich ließ sie sich von Elisabeth überreden, mit in die Redaktion zu kommen.

Die anderen waren schon versammelt, als Marie mit Elisabeth Meinhart eintraf. Kai saß etwas entfernt und winkte Marie zu. Inka bereitete sich auf das Interview mit Kai vor, der die Szenerie von weitem beobachtete und dem nicht entging, dass Maries Stimmung auf dem Tiefpunkt war, besonders als Inka ihr gönnerhaft vorschlug, beim Interview zuzuhören, weil sie dabei einiges lernen könne. Die lehnte dankend ab.

„Wir können dann", wandte sich Inka an Kai. Der runzelte die Stirn und äußerte betont verwundert: „Ich bin eigentlich davon ausgegangen, dass Marie mich interviewt."

„Du willst dich doch wohl nicht von dieser Anfängerin ausquetschen lassen", ereiferte sich Inka beleidigt. Aber Kai blieb hart: „Sorry. Entweder Marie macht das oder du kannst die Nummer knicken."

Überrascht und dankbar schaute Marie Kai an, er lächelte verschwörerisch zurück. Inka blieb nichts anderes übrig, als Kais Entscheidung zu akzeptieren. Sie lief aber sofort zu Torsten, tuschelte mit ihm herum und kam dann zurück zu Kai und Marie, die gerade gehen wollten, um das Interview bei Kai zu Hause zu machen – es sollte schließlich eine Homestory werden. Inka hielt sie auf und tat in autoritärem Ton kund: „Torsten und ich sind dagegen, dass Marie das Interview macht."

„Wen interessiert das?", fragte Kai lapidar.

„Uns. Und da wir für den Inhalt der Zeitung verantwortlich sind, haben wir auch darüber zu bestimmen." Inka spielte sich als große Herausgeberin auf, die sich um das Wohl der Zeitung sorgte. In Wahrheit trieb sie der schlichte Neid und die Angst, Marie könnte besser sein als sie.

Kai wusste, dass er in diesem Fall am längeren Hebel saß – schließlich wollten sie ein Interview von ihm. Lässig spielte er seine Überlegenheit aus. „Dann eben nicht", entschied er kurz und wandte sich an Marie: „Komm! Wir machen uns einfach so einen netten Abend. Sollen die doch ihr Meerschweinchen interviewen."

Torsten, der sich bisher im Hintergrund gehalten hatte, griff jetzt, als er merkte, dass Kai nicht umzustimmen war, erklärend ein: „Wir sind zwar nur eine Schülerzeitung, aber wir wollen ein bestimmtes Niveau. Und das ist mit Marie als Interviewerin nicht zu erwarten."

Auch Elisabeth Meinhart hatte das Gespräch mitangehört, und jetzt wurde es ihr zu bunt. Maries mangelnde Erfahrung sei ja nun gerade ein Grund, sie das Interview machen zu lassen, mischte sie sich ein, schließlich sollte sie lernen, wie so etwas geht, und die anderen könnten ihr dabei helfen. Inkas leise gezischte Bemerkung „Das ist Zensur!" kommentierte sie ärgerlich mit „Unsinn! Reden Sie nicht von Dingen, von denen Sie keine Ahnung haben!"

Zähneknirschend musste Inka das Diktiergerät rausrücken, und Kai und Marie konnten sich endlich an das Interview machen.

Das Diktiergerät stand auf dem Tisch. Kai lümmelte sich auf dem Sofa herum und gab bereitwillig Antwort auf Maries Fragen. Sie waren schon fast am Schluss des Interviews angelangt. Ob es denn bald etwas Neues von ihm gebe, fragte Marie.

„Ich arbeite dran. Diesmal mache ich auch die Musik selbst."

„Wie kommst du denn so auf deine Ideen? Brauchst du dazu eine bestimmte Stimmung oder so?"

Ein wenig großspurig behauptete Kai: „Ideen liegen förmlich auf der Straße. Meist sind es Kleinigkeiten des Alltags. Was einem so passiert eben."

„Und worum geht's in deinem neuesten Song?"

Kai grinste sie wissend an: „Um die Liebe, was sonst."

Marie wurde nervös und schlug die Augen nieder. Da war wieder dieses Gefühl im Magen, dieses Kribbeln und Zittern, das sie in der letzten Zeit verdrängt hatte. Schnell stellte sie das Diktiergerät aus und versuchte, sich wieder in den Griff zu kriegen, bevor sie anfing zu stottern.

„Das war schon alles?", fragte Kai bedauernd.

„Ich habe ja nur eine halbe Seite. Dafür langt's alle Mal."

Hoffentlich drucken die das überhaupt, meinte Kai skeptisch, bei dem Zoff, den es mit den anderen gegeben hatte. Er bot Marie etwas zu trinken an. Die lehnte aber ab, weil sie zu Hause das Interview abtippen wollte. Am nächsten Tag müsse es fertig sein, murmelte sie und packte nervös ihre Sachen ein.

„Du hast dich in letzter Zeit ziemlich rar gemacht. Weißt du das eigentlich?", fing Kai ein Gespräch an. Aber Marie ging nicht weiter darauf ein. Sie beugte sich über ihre Tasche und verbarg ihr Gesicht. „Ich hatte wenig Zeit", blockte sie ab.

Kai bohrte nach: „Ich dachte schon, du bist irgendwie sauer wegen der Sache mit Sandra." Erschrocken fuhr sie auf: „Was? Sauer? Wieso?"

„Na, weil ich die dann doch nicht so klasse fand. Ist ja deine beste Freundin, oder?", meinte Kai in Verkennung der Tatsachen.

Marie wollte diese unangenehme Situation so schnell wie möglich beenden. „Äh, da misch ich mich nicht ein", stotterte sie, erhob sich und bedankte sich für das Interview, um das Gespräch damit abzubrechen. Aber irgendwie wollte sie Kais Annäherung nicht so im Raum stehen lassen. Sie freute sich, dass er einen Schritt auf sie zu gemacht hatte. Deshalb wandte sie sich beim Gehen noch einmal um und schlug ihm vor: „Wenn du Bock hast, können wir ja morgen Abend ne Runde flippern gehen."

Kai war gleich versöhnt. „Das ist ein Wort. Und viel Spaß beim Tippen." „Danke. Tschüss!", verabschiedete sich Marie.

Ein Brief mit Folgen

Aufgewühlt hatte Marie am Abend das Interview getippt, ihre Gedanken kreisten um Kai. Es war so nett gewesen, wie er ihr gegen Inka geholfen hatte, und offenbar hatte er sie vermisst in letzter Zeit. Sie merkte, dass ihre Gefühle für ihn, die sie auf Eis gelegt hatte, noch genauso stark waren wie zuvor. In der Nacht hatte sie kaum geschlafen und am Morgen beschloss sie, ihm einen Brief zu schreiben und ihm ihre Gefühle zu gestehen. Irgendwas musste sie tun, sonst würde wieder alles im Sand verlaufen.

Als Sandra sie zur Schule abholte, war sie noch beim Schreiben.

„Was machst du denn da?", erkundigte sich Sandra sofort. Marie gestand: „Ich schreibe Kai einen Brief. Irgendjemand muss ja mal anfangen, sonst wird das nie was mit uns."

Sandra reagierte begeistert. „Einen Liebesbrief! Das ist ja abgefahren! Das würde ich mich nicht trauen. Zeig mal her, was hast du denn geschrieben?"

Zuerst war es Marie peinlich, der Freundin den Brief zu zeigen, aber nachdem Sandra schwor, sie würde bestimmt nicht lachen, überwand sie ihre Scham und las ihn vor:

„Lieber Kai, ich weiß, dass du dich in letzter Zeit oft gefragt hast, warum ich so komisch bin. Das war alles nur, weil ich mich total in dich verknallt habe." Unsicher sah sie Sandra an.

„Das war es schon?"

„Ist gar nicht so einfach, die richtigen Worte zu finden", seufzte Marie.

„Eigentlich ist ja auch alles gesagt. Entweder klingelt da nach fünf Minuten dein Telefon oder das Ganze war ein Schuss in den Ofen", machte ihr Sandra Mut. Marie steckte den Brief in die Schultasche, und die beiden brachen auf.

In der Pause stand Marie am Fenster im Flur und kramte in ihrer Schultasche, als Kai auf sie zukam. Dabei wurde er von einer Siebtklässlerin aufgehalten, die sich ihm in den Weg stellte und ihm aufgeregt einen Brief überreichte, um danach kichernd mit ihrer Freundin zu tuscheln. Kai überflog den Brief und winkte den beiden Mädchen zu, die strahlend zurückwinkten. Marie hatte die Szene peinlich berührt beobachtet. Bei ihr angekommen, gab Kai, nicht ohne eine gewisse Eitelkeit, gleich einen Kommentar zu dem Vorgang ab: „Rate mal, was ich gerade bekommen habe. Meine erste Fanpost. Kann man natürlich nicht ernst nehmen."

„Und warum nicht?", fragte Marie beklommen.

„Teeniekram. Die wissen doch noch gar nicht, was

das ist: Liebe. Mit so jungen Hühnern darf man sich nicht abgeben. Ist nicht gut fürs Image", posaunte Kai in Star-Manier.

„Du redest wie ein abgejubelter Profi. Meinst du nicht, du solltest wenigstens was Nettes zu ihr sagen?" Marie merkte, wie sie traurig und ärgerlich zugleich wurde.

„Mal sehen", lenkte Kai ein, „vielleicht überleg ich mir noch was. Ich sollte Autogrammkarten drucken lassen oder eine Homepage einrichten. Ich muss zu Physik. Sehen wir uns nachher?"

„Mal sehen", antwortete Marie ausweichend. Kais Verhalten hatte ihr gezeigt, dass es nur peinlich werden würde, wenn sie ihm ihren Brief gab. Er würde sich darüber lustig machen, wie er sich auch über die beiden Siebtklässlerinnen lustig gemacht hatte. Nein, beschloss sie, den Brief würde er nicht zu sehen bekommen. Sie musste ihre Gefühle für sich behalten.

Zurück in der Klasse übergab sie Inka und Torsten das abgetippte Interview. Sie wollten es gleich kopieren und in die neueste Ausgabe der Schülerzeitung setzen. Inka konnte sich nicht enthalten, blöde Sprüche anzubringen, aber das war ihr im Moment egal. Marie holte ihr Matheheft aus der Schultasche, schaute noch einmal genauer nach, kramte in der Tasche und konnte es nicht fassen: Der Brief an Kai war weg, spurlos verschwunden.

„Verdammt!", murmelte sie vor sich hin.

„Was ist?", flüsterte Sandra, die neben ihr saß und Maries hektisches Gesuche mitgekriegt hatte.

„Ich kann den Brief nicht finden." Maries Stimme war voller Panik.

„Den Brief an Kai? Ich dachte, den hast du ihm längst gegeben."

„Ich hab's mir anders überlegt." Den Tränen nahe stammelte Marie verzweifelt: „Das darf nicht wahr sein. Oh, Gott, wie peinlich … Ich habe ihn wahrscheinlich in die Mappe mit dem Interview gesteckt."

„Und wo ist die jetzt?"

„Inka und Torsten sind gerade damit auf dem Weg zum Copy-Shop."

Sandra begriff sofort den Ernst der Lage. „Au, verflixt!" Den Rest des Unterrichts konnte Marie vergessen. Am besten, ich wechsle die Schule, dachte sie, noch besser, ich wandere aus. Diese Peinlichkeit überlebe ich nicht. Nach dem Unterricht blieb sie wie ein Häuflein Elend an ihrem Pult sitzen.

„Meinst du wirklich, Inka ist so fies und druckt den Brief in der Schülerzeitung ab?" Sandra konnte sich das kaum vorstellen.

Aber Marie war von Inkas grenzenloser Gemeinheit überzeugt. „Klar! Auf so eine Gelegenheit, mich in die Pfanne zu hauen, hat sie doch nur gewartet. Ich darf gar nicht daran denken. Die ganze Schule wird den Brief lesen. Alle werden mich auslachen. Und Kai erst. Der redet nie wieder ein Wort mit mir."

„Warum hast du ihm den Brief eigentlich nicht gegeben?", wollte Sandra wissen, und Marie erzählte ihr die Begebenheit mit der Siebtklässlerin auf dem Flur, und dass sie sich auf einmal mit ihrem Brief blöd vorgekommen wäre.

Torsten riss die Tür zum Klassenzimmer auf, in der Hand einen Stapel nagelneuer Schülerzeitungen. „Das neueste Exemplar von ‚Luise', druckfrisch und topaktuell. Wer will noch mal, wer hat noch nicht?", brüllte er durch den Raum und verteilte die Zeitungen, die reißenden Absatz fanden. Sandra holte gleich eine, während Marie bewegungslos auf ihrem Platz sitzen blieb und stammelte: „Oh, Gott, bitte nicht." Während Sandra die Zeitung durchblätterte, beobachtete Marie sie mit banger Miene.

„Hier ist schon mal kein Liebesbrief. … Hier auch nicht. … Oh, was haben wir denn da?" Als Sandra einen Moment stutzte, zuckte Marie zusammen und schlug in banger Vorahnung die Hände vors Gesicht. Sandra las: „Lieber Kai, ich weiß, dass du dich in letzter Zeit oft gefragt hast, warum ich so komisch bin …" Sie machte eine Pause und fuhr dann grinsend fort: „aber das liegt nur daran, dass ich gerade so einen riesigen Pickel auf der Nase habe und mich deshalb am liebsten den ganzen Tag verstecken würde."

Sandra lachte laut los, und Marie begriff, dass die Freundin sie hochgenommen hatte. „Du Miststück", schimpfte sie, lachte nun aber auch erleichtert, weil sie gerettet war: In der Zeitung war keine Spur von ihrem Brief.

„Du musst den Brief woanders verloren haben", schlussfolgerte Sandra, „vielleicht auf dem Flur. Komm, lass uns suchen gehen."

Ratlos zeigte Marie die Stelle am Fenster, wo sie gestanden hatte. Nichts, der Brief blieb verschwunden. Einige Meter weiter hatte sich ein Pulk von Schülern gebildet und lautes Gelächter war zu hören. „Was ist denn da los?", fragte Sandra, und sie gingen hinüber zu der Gruppe. Als die Schüler Marie gewahr wurden, erhob sich ein Getuschel und Gekicher. Von der anderen Seite näherte sich auch Kai, angelockt von dem Lärm.

„Was geht denn hier ab?", fragte er Marie, die mit den Schultern zuckte, weil sie nicht mehr wusste als er. Die Schüler machten den Weg frei für Kai und Marie. In der Mitte der Gruppe johlender und klatschender Schüler stand Inka. „Wollt ihr es noch mal hören?", rief sie in die Runde und hörte befriedigt die Antworten „Ja! – Und ob! – Was denn sonst? – Her damit!"

Sie bemerkte Kai. „Oh, der Herr Popstar persönlich. Starkes Interview! Und Marie hat noch viel mehr geschrieben. Ich wette, du kennst ihr neuestes Werk noch nicht." Hinter ihrem Rücken zog sie einen Brief hervor, den sie nun im Begriff war laut vorzulesen.

Schlagartig begriff Marie die Situation. Sie glaubte, vor Scham im Erdboden zu versinken. Erschrocken

115

und panisch schrie sie: „Nein! Nicht! Gib den her!" und stürzte sich wie eine Verrückte auf Inka. Aber die umstehenden Schüler rissen sie zurück und hielten sie fest.

Inka hatte freie Bahn und las nun vor allen den Brief vor, in dem Marie, nachdem sie sich mühsam dazu durchgerungen hatte, Kai ihre Verliebtheit gestand. Die Schüler klatschten und pfiffen, aber Marie nahm nichts mehr wahr, auch nicht, dass Kai sie überrascht ansah. Wie angewurzelt blieb sie eine Weile stehen und rannte dann weg, als würde sie verfolgt.

„Was denn", rief Inka ihr höhnisch hinterher, „du gibst schon auf? Willst du gar nicht wissen, was dein Liebster dazu sagt?"

„Das reicht jetzt." Mit schneidend scharfer Stimme fuhr Kai dazwischen, ging zu Inka und streckte fordernd die Hand aus. Inka merkte instinktiv, dass das Spiel vorbei war, und gab ihm den Brief. Seine eigene Verwirrtheit überspielend rief er den anderen zu: „Seid ihr nicht ein bisschen zu alt für so einen Kinderkram? Ich käme mir an eurer Stelle ganz schön bescheuert vor." Der Pulk löste sich auf, aber Inka musste das letzte Wort haben. „Du solltest mir dankbar sein", höhnte sie, „ohne mich hättest du nie erfahren, dass du eine Verehrerin hast."

Mit etwas gequältem Gesichtsausdruck blieb Kai auf dem Flur zurück, ratlos. Wie sollte er darauf jetzt Marie gegenüber reagieren?

Marie war Hals über Kopf nach Hause gelaufen, um sich für die nächste Zeit zu verkriechen. Fabian wunderte sich, dass sie von der Schule schon zurück war. Marie täuschte Bauchschmerzen vor, sie wollte einfach nur allein sein und war froh, als Fabian ins Daniels ging. Sie warf sich aufs Bett und starrte traurig an die Decke. Nicht nur, dass sie vor der ganzen Schule lächerlich gemacht worden war – wenn sie jemals auch nur den Hauch einer Chance bei Kai gehabt hatte, war der jetzt vertan, ein für alle Mal.

Marie hatte schon Stunden so gelegen und immer wieder dieselbe CD eingeschoben, eine schwermütige Pop-Ballade. Draußen war es bereits dunkel geworden, als sie eine Stimme hörte: „Hallo! Marie?" Sie schreckte hoch, weil sie kein Klopfen vernommen hatte, und entdeckte Kai, der sich zögernd näherte.

„Ich habe geklopft, aber die Musik war wohl zu laut", entschuldigte er sich. Kai hatte lange überlegt und sich mit Cora beraten, bevor er sich auf den Weg zu Marie gemacht hatte. Er wollte ihr einerseits zeigen, dass er sie nicht allein ließ, andererseits aber auch sagen, dass er nicht in sie verliebt war. Er mochte Marie wie einen Kumpel und war gern mit ihr zusammen, aber ihre Erwartungen konnte er nicht erfüllen. Die Aufgabe, die jetzt vor ihm lag, war nicht gerade leicht.

„Du kannst dir sicher denken, weshalb ich komme", begann er verlegen.

„Das ist nicht so schwer." Marie war nicht weniger nervös als er. Kai zog den Brief aus der Tasche und hielt ihn Marie hin. „Ich dachte, den willst du vielleicht wiederhaben." Sie bekam nur ein heiseres „Danke" heraus. Irgendetwas an Kai, sein Ton oder sein Verhalten, ließ sie ahnen, was er ihr sagen wollte, und sie versuchte, sich unter Kontrolle zu halten.

„Inka ist eine echt blöde Tussi", legte er los, „ich hätte ihr am liebsten eine geklebt."

„Mmh."

Kai holte tief Luft. „Marie, ich mag dich wirklich gern, aber ..." Er suchte nach den richtigen Worten, aber Marie erlöste ihn mit einer Lüge von seinem Geständnis. „Ich weiß schon. Das Ganze ist ein Riesenmissverständnis. Was ich da geschrieben habe, war nur als Vorbereitung für das Interview gedacht."

Das konnte Kai nicht recht glauben. „Wie denn das?"

Blitzschnell überlegte sich Marie eine halbwegs plausible Antwort. „Ich wollte mich hineinversetzen, wie sich die Fans fühlen. Um die richtigen Fragen stellen zu können."

Kai überhörte das Unwahrscheinliche dieser Erklärung und ergriff den dargebotenen Strohhalm. „Dann war also alles gar nicht so gemeint?"

„Sonst hätte ich dir den Brief ja selber gegeben. Ist doch klar, oder?"

Erleichterung machte sich bei Kai breit, dass er die Klippe umschifft hatte. Solche Situationen waren nicht nach seinem Geschmack. „Klar, versteh ich", behauptete er bereitwillig, „dann können wir ja weiter Freunde sein."

„Sicher."

„Ich hätte es nämlich schade gefunden, wenn wegen so einer dummen Sache … oder, was heißt dumme Sache … also jedenfalls einer ähhm … du weißt schon, was ich sagen will", stotterte er.

„Klar." Marie wusste besser, als ihr lieb war, was er sagen wollte. Freundschaft, mehr war nicht drin. Wenigstens die wollte sie behalten, deshalb spielte sie das Theater tapfer mit. Ihre Gefühle musste sie zurückhalten. Kai jedenfalls war schon wieder völlig ausgesöhnt und schlug vor, zu einer Runde Flippern ins Daniels zu gehen.

Marie gab sich einen Ruck. „Können wir machen. Ich zieh mir nur schnell was anderes an."

Im Daniels liefen sie ausgerechnet Inka über den Weg, aber Marie war sowieso schon alles egal, und Kai warf der verhassten Schülerzeitungsmieze ein paar so gepfefferte Sprüche hin, dass sie sich bald verzog. Fabian erkundigte sich nach Maries Bauchschmerzen, und sie beteuerte, die seien nach dem Tee, den sie sich gemacht hatte, weggegangen.

Obwohl sie sich ausgesprochen hatten, war die Stimmung zwischen Kai und Marie etwas gedrückt. Verloren saßen sie nebeneinander an der Theke und tranken still ihre Cola. Sie wussten nicht so recht, was sie sagen sollten. Bis Marie schließlich zum Flipper ging und Kai ihr folgte. Marie atmete tief durch und ließ die erste Kugel ins Spiel flitzen. Die Kugel begann zu rollen.

Die Sache mit Kai und dem Liebesbrief ging Marie die nächsten Tage noch ganz schön nach. Trotzdem half sie Kai, als der einen Produzenten für seine Band ‚Atemlos‘ suchte. Letztlich war sie es sogar gewesen, die durch einen wagemutigen Einsatz zusammen mit der Band den Produzenten von den Qualitäten der Musiker überzeugt hatte. Der hatte sie dann unter Vertrag genommen, und Kai war hoch erfreut. „Na, da hast du jetzt ja was gut bei Kai", meinte Sonja, nachdem Marie ihr die Geschichte erzählt hatte.

„Außer einem Danke und einer Einladung zur Cola kann ich wohl nicht viel erwarten", entgegnete Marie.

„Immer noch verknallt? Du wolltest den Typ doch in den Wind schießen. Nach dem Flop mit dem Liebesbrief."

„Das ist nicht so einfach. Vor allem, wenn wir ständig zusammenhängen", erklärte Marie. „Aber bei ihm funkt es einfach nicht. Für ihn bin ich immer noch die nette Kleine", fügte sie frustriert hinzu.

„Du musst endlich mal raus aus dieser Gute-Freunde-Nummer", riet Sonja.

Klar, das wusste Marie auch, aber sie fragte sich schon die ganze Zeit, wie sie das anstellen sollte. Sie konnte ihm ja schließlich schlecht das Gehirn waschen.

„Wenn ein Mädchen wie du einen Jungen wirklich haben will, dann kriegt sie ihn auch." Davon war Sonja überzeugt, zumal Marie weder hässlich noch dumm war, sondern das Gegenteil davon.

„Tolle Theorie", seufzte Marie, „aber ich bin das lebende Gegenbeispiel. Und ich finde ihn echt total süß."

Sonja wurde nachdenklich, und dann hatte sie eine Idee. Bei ihr im Café jobbte ein Junge aus Maries Klasse, Tim, ganz schnuckelig und nicht schlecht aussehend. Der könnte helfen, den guten Kai ein bisschen aus der Reserve zu locken.

„Das ist der totale Langweiler. Den interessiert nur sein Roller und sonst gar nichts." Marie konnte sich nicht vorstellen, wie sie Tim dazu kriegen könnte, das Spiel mitzumachen. Aber Sonja wusste auch da Rat. „Keine Sorge. Darum kümmere ich mich. Ich biete ihm ein paar Extra-Schichten im Café an. Darum bittet er mich schon seit Wochen."

„Küssen werde ich den aber nicht", rief Marie, unangenehm berührt von der Vorstellung.

„Erst mal reicht es, wenn er ein bisschen um dich rumscharwenzelt. Und dann sehen wir, wie Kai reagiert." Damit war für Sonja die Sache beschlossen. Einen Versuch wäre es alle Mal wert, meinte auch Marie.

Der Deal war gemacht. Tim war bereit, vor Kais Augen Marie anzuflirten, um danach ein paar Stunden mehr bei Sonja im Café kellnern zu können. Die Premiere der Show sollte im Daniels stattfinden. Tim saß bereits an einem Tisch, als Kai und Marie nach der Schule hereinkamen. Maries Augen wanderten kurz durch den Raum, zufrieden entdeckte sie Tim.

„Wollen wir flippern?", schlug Marie Kai vor.

„Klar, ich krieg sowieso noch eine Revanche." Marie stand schon am Flipper, während Kai noch mal zur Theke gegangen war, um eine Cola zu holen. Sie nutzte die Zeit, um Tim auffordernde Blicke zuzuwerfen. Der stand tatsächlich auf und ging zögernd auf sie zu. Aus den Augenwinkeln beobachtete sie Kai, aber der blätterte an der Theke in einer Zeitschrift.

„Wollen wir flippern?", fragte Tim schüchtern und zögerlich.

„Noch mal! Lauter!", zischte Marie ihm zu.

Tim holte Luft. „Wollen wir flippern?", brüllte er, so dass sich einige Gäste zu ihm umdrehten. „Ja, gern", erwiderte Marie verlegen, aber auch in einer gewissen Lautstärke. „Weiter, weiter", flüsterte sie, da Kai jetzt mit den zwei Cola zum Flipper zurückkam.

Tim bemühte sich redlich zu flirten: „Äh … ich hab dich neulich beim Basketball gesehen. War ne starke Vorstellung!"

Marie stieg voll darauf ein: „Du spielst aber auch nicht schlecht", sagte sie mit gekonntem Augenaufschlag.

122

„Danke. Möchtest du was trinken?", fragte er höflich. In dem Moment war Kai beim Flipper angelangt.

„Nett von dir. Aber ich kriege gerade was. Das ist übrigens Kai. Tim", stellte sie die beiden einander vor. Kai musterte Tim gleichgültig. Der wollte sich verlegen verziehen, aber Marie, die auf der Einhaltung der Spielregeln bestand, forderte ihn auf, da zu bleiben und mitzuspielen.

Kai hatte nichts dagegen, im Gegenteil, zu dritt sei es lustiger, meinte er. Und auch sonst schien ihm der ,Nebenbuhler' ziemlich egal zu sein. Er flipperte konzentriert vor sich hin, ohne auf das Gespräch zwischen Marie und Tim zu achten. Von Eifersucht keine Spur, stellte Marie enttäuscht fest, als sie Kai beobachtete.

„Was machst du denn heute noch so?", fragte Tim mit bemühtem Charme.

„Weiß nicht. Schlag was vor!", entgegnete Marie betont gespannt.

„Ein paar Typen aus der Oberstufe machen heute Nachmittag eine Party. Wenn du willst, nehme ich dich mit."

„Oh, super!" Marie klang begeistert.

„Wir könnten ja vorher noch woanders hingehen", schlug Tim vor, „Kai scheint hier ja noch länger beschäftigt zu sein."

Marie hoffte sehnlichst, Kai würde Protest einlegen, aber er zwinkerte ihr nur breit lächelnd zu und zeigte Einverständnis. „Lasst euch nicht aufhalten, ich hab hier noch was zu tun. Ich komme später nach."

Die Rechnung war nicht aufgegangen, dachte Marie, jetzt musste sie wohl oder übel mit Tim verschwinden. An der Tür schaute sie sich noch mal nach Kai um, aber der war völlig ins Flippern vertieft.

Niedergeschlagen saß Marie bei Sonja auf dem Sofa und erzählte ihr von dem Misserfolg. Sie hatte nicht die geringste Lust, zu der Party zu gehen. Tim war ein solcher Langweiler, und Kai scherte sich den Teufel darum, mit wem sie da auftauchte.

„Kai lässt sich seine Eifersucht nur nicht anmerken, weil er ein cooler Typ ist", tröstete Sonja.

Aber Marie verlor allmählich die Geduld. „Wie lange soll ich das Theater denn noch weiterspielen? Eher lande ich mit dieser Trantüte von Tim vor dem Traualtar, als dass Kai mich auch nur anlächelt."

Sonja versuchte, sie aufzurichten und ihr Mut zuzusprechen. „Du musst weitermachen, bis du dein Ziel erreicht hast. Aber auf eindeutige Signale kannst du lange warten. Dass Kai desinteressiert reagiert, kann auch Taktik sein. Du musst nur richtig mit Tim flirten. Tanz ganz eng mit ihm und sieh ihm tief in die Augen! Und damit ...", – sie zog ein kleines Päckchen hinter ihrem Rücken hervor und gab es Marie, – „... bringen wir Kai zum Kochen."

Marie öffnete das Päckchen und zog ein superscharfes Top heraus. „Oh, Wahnsinn. Danke."

„Zieh es gleich mal an!", forderte Sonja sie auf. Marie hatte ihren Pullover noch nicht ausgezogen, da klingelte es an der Tür, und Tim stand unten, um sie abzuholen.

„Marie kommt gleich runter", sagte Sonja in die Gegensprechanlage. „Komm, beeil dich, dein Verehrer wartet", trieb Sonja Marie an. Die hatte sich inzwischen das Top übergestreift, zog ihre Jacke wieder an und fügte sich in ihr Schicksal. Seufzend verabschiedete sie sich von Sonja.

Missverständnisse

Die Party im Klassenzimmer war schon in vollem Gange, als Marie mit Tim eintraf. In der Mitte hatten die Schüler Tische und Stühle weggeräumt, um Platz zu machen für eine Tanzfläche, die eifrig genutzt wurde. Kai, der erst ein paar Minuten zuvor gekommen war, stand abseits und redete mit Elisabeth Meinhart, Tim und Marie tanzten eng zu der langsamen Musik, die gerade gespielt wurde. Aus den Augenwinkeln schaute Marie immer wieder auf Kai, der sich jetzt an die Bar begab. Als der sanfte Song zu Ende war, wollte sie eine Pause machen und bat Tim, etwas zu trinken zu holen.

An der Bar wurde Tim von einem Mitschüler angequatscht, der sich wunderte, dass Tim etwas laufen hatte mit Marie. Ohne ein Blatt vor den Mund zu nehmen, posaunte Tim den wahren Grund für sein Interesse an Marie aus. „Alles Show. Mit der läuft überhaupt nichts. Ich grabe die bloß an, um mich bei ihrer Stiefmama einzuschleimen. Die soll mich zum Chef-Barkeeper machen."

Unfreiwillig zum Zuhörer dieser Szene gemacht, stieg in Kai die Wut hoch. Dieser widerliche Taschen-Casanova spielte mit Maries Gefühlen, weil er von

Sonja einen Job wollte. Das war ja wohl das Letzte. Na, der konnte was erleben.

Tim kam mit den Getränken zu Marie zurück. Sie standen an der Tanzfläche herum, aber Tim machte keine Anstalten, mit Marie zu tanzen, er unterhielt sich lieber mit einem Mitschüler über den letzten Skiurlaub. Mit einem Auge hatte Marie Kai im Blick, und als sie merkte, dass er auf sie zukam, packte sie Tim am Arm und zog ihn auf die Tanzfläche. Unwillig ließ er sich ziehen und murmelte dabei genervt: „Nicht schon wieder!"

Marie zischte ihm zu: „Denk an unsere Abmachung!", und Tim zeigte sich angesichts des in Aussicht stehenden Jobs sofort einsichtig und nahm sie betont leidenschaftlich in den Arm. Als Kai das sah, platzte ihm der Kragen. Er tippte Tim auf die Schulter, sodass der von Marie abließ, sich umdrehte und gespielt unschuldig fragte: „Was ist?"

„Los, mach dich vom Acker, du Weichei. Du bist lange genug um Marie rumscharwenzelt." Voller Verachtung und Wut blitzte er Tim an.

Der machte ohne Umschweife einen Rückzieher. „Wie du willst. Bin schon weg", murmelte er und ließ Marie auf der Tanzfläche stehen.

Er hat nicht einmal versucht, sich zu verteidigen, dachte Kai, Marie ist dem schnurzegal, sonst hätte er sich irgendwie um sie gekümmert. Das musste er nun tun, so stehen lassen konnte er sie nicht, schließlich hatte er gerade ihren Tänzer und Verehrer verjagt.

„Darf ich?", bat er Marie zum Tanz. Die nickte abwesend und schmiegte sich sogleich in seine Arme. Ein glückliches Lächeln erschien auf ihrem Gesicht, aber das konnte Kai nicht sehen. Zärtlich drückte sie sich während des Tanzens näher an ihn. Kai ging dagegen immer wieder auf Distanz und sah missmutig zu Tim hinüber. Tim hatte sich inzwischen eine Cola geholt und beobachtete das tanzende Paar aus einiger Entfernung mit spöttischem Blick.

Als die letzten Takte des Liedes zu hören waren, ließ Kai Marie los. Enttäuscht musste sie sich fügen. „War's das schon?"

„Ich muss kurz was erledigen. Nachher können wir ja noch ne Runde drehen", vertröstete Kai sie.

„Aber nicht vergessen!", schickte sie ihm hinterher und sah verwundert, wie er sich zu Tim begab. Was sie redeten, konnte sie wegen der lauten Musik nicht verstehen. In Kais Miene las sie Verachtung und Entschlossenheit, während Tim die ganze Zeit ein spöttisches Grinsen im Gesicht stand. Er trank seine Cola aus, drückte Kai die leere Flasche in die Hand und wandte sich, immer noch sichtlich amüsiert, zum Gehen in Richtung Tür.

Kai schaute ihm etwas perplex hinterher. Komischer Typ, dachte er, sagt nichts, räumt sofort das Feld und grinst noch die ganze Zeit.

Kai setzte sich an die Bar und nuckelte nachdenklich an dem Strohhalm seiner Cola herum. Marie hatte

Marie überredet die Jungs von der Band „Atemlos",

bei der Pressekonferenz aufzutreten, und rettet Kais Plan.

Kai kennt
keine Gnade.
Er vertreibt
Tim hand-
greiflich von
der Schul-
party. Sollte
das ein
Zeichen von
Eifersucht
sein?

„Du musst Marie sagen, dass du nicht in sie verliebt bist."

Cora redet Kai ins Gewissen, aber er hat einen anderen Plan.

währenddessen auf der Tanzfläche vergeblich gewartet. Kai machte keine Anstalten zurückzukommen. Sie tanzte eine Weile alleine weiter und ging dann zu ihm an die Bar.

„Kommst du noch mit ins Daniels?" Sie versuchte, möglichst lässig zu klingen, konnte aber ihre Beklommenheit nicht verbergen.

„Ich muss oben aufräumen", verneinte Kai kurz angebunden.

„Wollen wir das zusammen machen?" Marie gab ihm eine letzte Chance.

„Ach, lass mal!"

Kais Antwort ließ nur noch Rückzug zu. „Okay, dann bis die Tage. Ciao", verabschiedete sie sich enttäuscht.

„Ich weiß nicht, was du hast", kommentierte Sonja Maries Bericht von der Tanzparty, „Kai hat doch ganz flott reagiert für seine Verhältnisse. Das deutet doch alles auf Eifersucht hin." Sie holte eine Tasse heiße Schokolade aus der Küche und drückte sie Marie in die Hand.

„Ich werde einfach nicht schlau aus ihm. Zuerst ging er auf Tim los, aber als der weg war, hat er sich völlig zurückgezogen und an seiner Cola gelutscht."

„Er ist eben mehr der schüchterne Typ", versuchte Sonja das unerklärbare Verhalten Kais zu deuten.

„Oder er will nichts von mir", ergänzte Marie kleinlaut. „Er hat überhaupt nicht mehr mit mir geredet. Kannst du dir das vorstellen? Kein einziges Wort."

„Zugegeben, schon ein harter Brocken. Also müssen wir ihn aus der Reserve locken."

„Ich hab doch schon alles versucht", sagte Marie, der Verzweiflung nahe, „langsam ist er mal dran."

„Wenn er sich nicht traut? Du himmelst ihn aus der Ferne an, er himmelt dich an. Und so himmelt jeder vor sich hin. Das wird nie was. Immerhin hat er doch schon auf Tim reagiert. Das musst du weiter verfolgen. Tu einfach so, als wärst du fest mit Tim zusammen, dann wird er sicher irgendwas machen", riet Sonja der mutlosen Marie.

Die hatte große Zweifel, ob Tim da mitmachen würde, aber Sonja beruhigte sie. So scharf, wie der auf den Job in ihrem Café war, würde er alles tun, meinte sie, schnappte sich das Telefon und wählte gleich seine Nummer. Eher lustlos verabredete Marie sich für den nächsten Tag mit ihm im Daniels und gab ihm Anweisungen, wie er sich zu verhalten habe. Kai provozieren und eifersüchtig machen war die Devise. Allerdings versprach sie sich nicht mehr allzu viel davon.

Schon den dritten Milchkaffee ließ sich Tim an den Tisch bringen. Er betrachtete das als Spesen, die Marie zu übernehmen hätte. Schließlich sei sein Job nicht gerade ungefährlich. „Du kannst froh sein, dass ich das überhaupt übernommen habe", meinte er hochnäsig.

„Das ist aber der Letzte. Ich habe nicht mehr Kohle dabei." Der Typ begann sie zu nerven. Das hier war der letzte Versuch. Wenn es nicht klappte, ließ sie es sein, ein für alle Mal, dann konnte Kai ihr gestohlen bleiben. Als hätte der Gedanke ihn herbeigezaubert, betrat er in Begleitung von Cora das Daniels.

„Achtung, er kommt", zischte Marie Tim zu und gab damit den Startschuss für die Show. „Sieh mich lieb an!"

Kai hatte die zwei bemerkt, und sein grimmiges Gesicht zeugte von tiefer Missbilligung.

Cora fragte ihn: „Ist das die neue Flamme von Marie?"

„Nein", gab er eisig zurück, „das ist ne miese Ratte."

„Was hast du denn? Er sieht doch süß aus?"

„Und hat das Herz einer Mülltonne", ergänzte Kai säuerlich, ohne Cora in die Einzelheiten einzuweihen.

Marie flüsterte Tim zu: „Er guckt. Los, jetzt kommt der Kuss!"

„Mit oder ohne Zunge?", fragte Tim frech.

„Wehe, sonst fängst du eine." Es kostete Marie schon Überwindung genug, ihre Lippen auf die von Tim zu pressen und einen leidenschaftlichen Kuss zu simulieren. Aber immerhin tat die vorgetäuschte Zärtlichkeit ihre Wirkung.

Kurzentschlossen stürmte Kai auf die beiden ‚Verliebten' zu, murmelte ein „Jetzt reicht's" und packte Tim am Kragen. Ehe der sich versah, wurde er von Kai zum Ausgang verfrachtet. Kais geballte Wut machte ihm nun doch Angst.

„Du tust mir weh! Was soll denn das?", wandte er zaghaft ein.

Und Marie schrie von hinten: „Kai, lass das! Hör sofort auf! Bist du irre?"

Kai gewann seine Fassung zurück, sagte aber schneidend zu Tim: „Hier in aller Öffentlichkeit rumknutschen. Ich finde das geschmacklos. Und das ist erst der Weichspülgang. Wenn ich dich noch einmal mit Marie erwische, stecke ich dich in die Schleuder."

Tim war zu allem bereit, er wollte nur raus hier, weg von diesem ausgerasteten Irren. „Mann, lass mich los! Ich gehe ja schon", versprach er. Kai ließ ihn los, und Tim verließ fluchtartig das Lokal.

Marie war von dieser Aktion angenehm überrascht. Ihre Erwartungen wurden von Kais Auftritt bei weitem übertroffen. Sie musste jetzt nur ihre Gefühle gut unter Verschluss halten, nicht der Hauch einer Genugtuung durfte auf ihrem Gesicht erscheinen. Aufgebracht schrie sie ihn an: „Du hast sie wohl nicht alle!"

Kai tat völlig cool. „Ich achte nur auf Sitte und Anstand."

„Du kannst Tim nicht einfach rausschmeißen!" Marie spielte noch die Wütende.

„Ich mag das nicht, wenn er so an dir rumfingert."

„Was stört dich denn daran?" Mit der Frage gab ihm Marie die Gelegenheit, etwas Entscheidendes zu sagen.

„Ich kenne diese Typen. Du hast was Besseres verdient", begründete Kai sein Eingreifen. Er wollte ihr den wahren Grund nicht sagen, weil er glaubte, es könnte sie verletzen, wenn sie von den bloß vorgespielten Gefühlen Tims erführe.

Marie war fürs Erste mit der Antwort zufrieden. Sie unterdrückte ein Lächeln, zwang sich zu einem empörten „Misch dich bloß nicht noch mal in meine Angelegenheiten" und rauschte ab.

Der Einsatz hatte Kai einiges abverlangt, er brauchte erst mal was zu trinken. Cora pfiff durch die Zähne. „Mann, Kai, so habe ich dich noch nie erlebt. Warum bist du über den hergefallen?"

„Ich kenne ihn aus der Schule. Er hat schon gestern versucht, Marie anzugraben, obwohl ich ihm das verboten hatte." Kai wusste selbst, dass das keine hinreichende Erklärung war. Natürlich hatte er Tim nichts zu verbieten, und Cora, die merkte, dass da mehr dahintersteckte, bohrte gleich nach. „Du bist eifersüchtig", stellte sie fest.

„Totaler Blödsinn. Ich will nichts von Marie." Das klang nicht sehr plausibel. Cora frotzelte prompt: „Aber du magst nicht, wenn sie mit anderen flirtet."

„Darum geht's echt nicht. Ich will nicht, dass Tim ihr wehtut." Jetzt rückte Kai mit dem heraus, was er für die Wahrheit hielt. „Sie hat keine Ahnung, was der für ein Spiel mit ihr treibt. Der nutzt sie nur aus."

Cora war noch nicht überzeugt. „Und du kannst das natürlich beurteilen."

„Ich weiß es." Und Kai erzählte Cora, was er aus

Tims eigenem Mund bei der Klassenparty vernommen hatte, dass der sich durch den Kontakt zu Marie einen besseren Job bei Sonja erhoffte.

„Arme Marie!", bekundete Cora mitfühlend, „ich glaube, sie ist in ihn verknallt."

„Tja, in dem Alter hat man noch keinen Geschmack", witzelte Kai, aber Cora wurde wieder ernst.

„Du musst ihr klar machen, was für ein Typ das ist. Auch wenn es hart für sie ist. Das bist du ihr schuldig."

Kai konnte sich eine lustigere Aufgabe vorstellen. Bei dem Gedanken daran, dass er ihr die Augen über Tim öffnen sollte und sie damit traurig machte, sah er schon jetzt gequält aus. Aber gut, wenn es sein musste. Für die Freundschaft würde er es tun.

Marie brannte darauf, Sonja zu erzählen, wie ihr Plan funktioniert hatte, schließlich war die zündende Idee von ihr gekommen. Als Marie bei ihr klingelte, arbeitete sie gerade an der Buchhaltung, ließ sich aber von Marie unterbrechen, die sofort lossprudelte: „Als Tim mich vor seinen Augen geküsst hat, ist Kai völlig die Sicherung durchgegangen. Er hat ihn am Kragen gepackt und aus dem Daniels geworfen."

Sonja war beeindruckt: „Das hätte ich ihm gar nicht zugetraut."

„Er erträgt es einfach nicht, wenn mich andere küssen … Er hat sogar gesagt, ich hätte einen besseren Typ verdient als Tim. Und wen er damit meint, ist

134

wohl eindeutig." Marie war sich ihrer Deutung der Situation ziemlich sicher, Sonja dagegen merkte skeptisch an: „Aber gesagt hat er das nicht?"

„Naja, er hat Schwierigkeiten, auf den Punkt zu kommen."

„Wenn er es nicht kann, musst du es."

Sonja hatte Recht. Marie hatte auch schon daran gedacht, dass sie den entscheidenden Schritt unternehmen musste. Jetzt war es schon so weit gekommen, dass Kai seine Eifersucht offen gezeigt hatte. Wenn er es nicht fertig brachte, seine Verliebtheit zu gestehen, musste sie eben als Erste ihre Gefühle äußern. Obwohl sie jetzt schon Angst hatte, vor Peinlichkeit im Erdboden zu versinken. „Ich sterbe, wenn ich es ihm sage."

„Na und? Vielleicht wirst du dann in seinen Armen wieder geboren …"

Sonjas Worte gingen Marie nicht mehr aus dem Kopf. Nichts wünschte sie sich sehnlicher als in Kais Armen wieder geboren zu werden. Am Morgen war sie schon früh wach und schob als Erstes die CD mit Kais Song ein. Als es an der Tür klopfte, dachte sie, es wäre Fabian mit den Einkäufen, der wollte, dass sie ihm die Tür öffnete. Aber eine andere Stimme ertönte: „Hallo! Ich bin's, Kai!" Einen Augenblick erstarrte sie vor Schreck, stellte dann schnell die CD aus und betrachtete sich nervös im Spiegel. Kai fragte ungeduldig: „Darf ich reinkommen, oder …?"

„Klar", beeilte sich Marie zu antworten, „äh, mit dir habe ich jetzt echt nicht gerechnet." Verlegen zupfte sie an ihrem Pullover herum.

Kai machte ein entschlossenes Gesicht, setzte sich und begann mutig: „Ich muss mit dir reden …" Dann verließ ihn der Mut und, um Zeit zu gewinnen, bat er um etwas zu trinken. Marie holte eine Cola aus dem Kühlschrank und fragte neugierig: „Um was geht's denn?"

Kai druckste etwas herum. „Das ist ein bisschen kompliziert. … Du hast dich sicher gewundert, dass ich Tim etwas ruppig angefasst hab."

Marie streckte ihm die Cola hin. „Das kannst du laut sagen. Und weiter?" Wie um sich Mut anzutrinken, nahm Kai einen Schluck von der Cola. „Die schmeckt aber gut."

Trocken konterte Marie: „Wie Cola, würde ich sagen. Lenk nicht ab!"

Kai wand sich verlegen, dann gab er sich einen Ruck. „Ich weiß nicht, wie ich es dir sagen soll. Aber es gibt einen bestimmten Grund, warum ich so ausgerastet bin." Marie schaute nervös auf den Fußboden, aber sie unterbrach ihn nicht.

„Du weißt ja, dass du mir verdammt wichtig bist." Kai stockte wieder, Marie lächelte ihn glücklich an. „Sogar so wichtig, dass ich … Naja, lass mich mal nach Worten suchen …" Kai kam aus dem Stottern nicht mehr heraus: „Also … es fällt mir nicht so leicht …"

Jetzt wurde Marie doch ungeduldig. „Nun sag's schon!"

„Tim ist nicht gut für dich", brachte Kai heraus.

Sie konnte seine Verlegenheit nicht mehr mitansehen und erlöste ihn. „Finde ich auch. Weil es da einen Besseren für mich gibt. Du bist echt süß." Mit diesen Worten schlang sie ihre Arme um ihn und gab ihm einen Kuss auf den Mund, den Kai vor lauter Überraschung perplex entgegennahm. Und dann überwand sich Marie und gestand: „Mir geht's genau wie dir. Ich bin total in dich verknallt."

Es war draußen und gar nicht so schlimm, wie Marie gedacht hatte. Eigentlich war es ganz leicht, weil sie wusste, dass Kai genauso empfand. Verliebt lächelte sie ihn an. „Ich wollte es dir schon lange sagen. Aber ich habe mich nie getraut."

Allmählich gewann Kai seine Fassung zurück, die er zwischendurch verloren hatte. Die Situation hatte sich grundlegend geändert. Was er ihr ursprünglich sagen wollte, spielte nun keine Rolle mehr. Aber wie kam er aus diesem Missverständnis wieder heraus? Wie sollte er Marie klar machen, dass er in keiner Weise in sie verliebt war? Die Lage war jetzt noch schwieriger als vorher. Er druckste unglücklich herum: „Das ist auch alles ein bisschen kompliziert."

Jetzt, da das Wesentliche geregelt war, ging Marie zum Praktischen über. „Ich weiß, du bist im Moment ziemlich im Stress mit dem Abi und so."

„Eigentlich habe ich gar keine Zeit für eine Freundin", gab Kai zu bedenken.

„Das ist kein Problem. Wir lassen es langsam angehen. Ich muss mich auch erst mal dran gewöhnen."

„Äh, so meine ich das nicht …", fing Kai wieder an.

„Ich weiß, was du meinst. Ich bin auch zum ersten Mal verliebt. Das ist irgendwie wie eine ganz irre Fahrt mit der Achterbahn." Marie wollte Kai zeigen, dass sie nachvollziehen konnte, was in ihm vorging, dass er sich seiner Unsicherheit und Verlegenheit nicht zu schämen brauchte. Zur Bekräftigung nahm sie seine Hand. Kai saß da wie gelähmt. Erst als draußen Schritte zu hören waren, zog er seine Hand weg.

Fabian betrat den Wohnwagen mit den Einkaufstüten in der Hand. Marie hätte längst in der Schule sein müssen. In strengem Ton mahnte er sie zur Eile, erklärte sich dann aber bereit, sie schnell hinzufahren. Kai machte sich eilig aus dem Staub, Marie schickte ihm einen sehnsüchtigen Blick hinterher.

Kai war nach der einen Stunde Unterricht, die sie heute gehabt hatten, gleich nach Hause gegangen. Mehr hätte er sowieso nicht verkraften können, der Unterricht war an ihm vorbeigerauscht wie ein Wasserfall. Seine Gedanken waren noch bei dem Gespräch mit Marie. Das war eine ziemlich verfahrene Situation. Wie kam sie nur auf die wahnsinnige Idee, sich in ihn zu verlieben, sie waren doch immer gute Freunde gewesen. Und so sollte es auch bleiben. Blieb nur die Frage, wie er ihr das beibringen sollte. Mitten in seine Grübeleien platzte Cora. Vielleicht wusste sie Rat.

„Marie hat mir eine Liebeserklärung gemacht", teilte Kai ihr seufzend mit.

„Ist sie sehr geknickt, dass es einseitig ist?" Cora ging von falschen Voraussetzungen aus. Kai musste mit der Wahrheit herausrücken. „Kaum. Sie weiß es nicht."

Empört ereiferte sich Cora. „Du hast sie angelogen?"

„Habe ich nicht. Sie hat gar nicht erst gefragt. Sie war total überzeugt, dass ich auch in sie verknallt bin. Und noch bevor ich sie von dem Trip abbringen konnte, kam Fabian."

Cora riet ihm eindringlich, das so schnell wie möglich klarzustellen. Sie dachte an Marie und dass es unfair wäre, sie in falschem Glauben zu lassen. Das wusste Kai auch, aber ihr das so ins Gesicht zu sagen, war auch nicht ideal, fand er. Nachdenklich versank er in Schweigen. Gab es nicht irgendeine andere Lösung?

„Da kannst du lange grübeln. Du kannst ihr das nicht sagen, ohne sie zu kränken. So was ist immer hart. Aber du musst mit Marie sprechen. Sie macht sich Hoffnungen, und je länger du es hinauszögerst, umso schlimmer ist es für sie", meinte Cora abschließend, und sie sprach aus eigener Erfahrung.

Unglücklich starrte Kai vor sich hin. Wenn ihm nicht noch was Besseres einfiel, musste er wohl oder übel

Coras Rat in die Tat umsetzen. Keine leichte Aufgabe.

Marie ging allerbester Laune nach der Schule ins Daniels, wo Fabian hinter der Theke stand und Gläser spülte. Seit er Kai wegen der Geschichte mit Sonjas Café, wo der hinter seinem Rücken gekellnert hatte, rausgeworfen hatte, musste er wieder mehr selber machen. Er brauchte unbedingt wieder eine Aushilfe und trug sich mit dem Gedanken, eine Anzeige aufzugeben. Marie starrte ihn gedankenverloren an.

„Versuchst du mich zu hypnotisieren?", scherzte Fabian.

„Ich dachte nur gerade an meinen Geburtstag. Weißt du schon, was du mir schenkst?"

Fabian tat geheimnisvoll. Falls er noch nichts wüsste, sie hätte da einen Wunsch, rückte Marie ein wenig zögerlich mit der Sprache heraus, einen Motorroller.

„Das ist nicht gerade bescheiden", kommentierte Fabian überrumpelt, „ich werde sehen, was meine Bank dazu sagt. War's das oder hast du noch mehr auf dem Wunschzettel?"

Marie druckste etwas herum und kam dann auf Kai zu sprechen, dass er doch eigentlich zum Daniels dazugehöre und sein Fehlen richtig auffalle. Fabian reagierte abweisend. Kai habe sich seinen Rausschmiss redlich verdient, meinte er. Marie redete und bohrte so lange, bis Fabian schließlich seufzend nachgab. Er konnte seiner Tochter letztlich nichts abschlagen.

„Ich frage dich nie wieder nach deiner Wunschliste", gab er sich geschlagen.

Marie strahlte und konnte sich gerade noch überschwänglich bedanken, als der Gesprächsgegenstand höchstpersönlich das Lokal betrat. Kai sah bedrückt aus und wandte sich gleich zögerlich an Marie: „Du, Marie ... ich muss dir mal was sagen ..."

Die war aber so glücklich über ihren Erfolg bei Fabian, dass sie Kais Miene gar nicht wahrnahm. Sie musste ihm die gute Nachricht sofort mitteilen und sprudelte los: „Ich auch. Es gibt Spitzenneuigkeiten. Du kannst hier wieder arbeiten!"

Damit hatte Kai nun wirklich nicht gerechnet. Er war angenehm überrascht, weil der Job ihm wirklich gefehlt hatte. Verblüfft fragte er Fabian: „Wieso denn das? Hast du keinen Ersatz gefunden?"

„Ich habe noch keine Anzeige aufgegeben. Bedank dich bei Marie. Die hat mich mehr oder weniger gezwungen", brummte Fabian, noch nicht ganz mit Kai versöhnt.

„Danke! Das ist echt cool", wandte er sich an Marie. Natürlich freute er sich, wieder im Daniels kellnern zu können, aber in die Freude mischte sich sogleich ein ungutes Gefühl. Er war Marie dankbar für ihren Einsatz, war ja auch wirklich supernett von ihr. Aber jetzt konnte er ihr unmöglich sagen, was er auf dem Herzen hatte, obwohl er es sich fest vorgenommen hatte. Kai saß wieder in der Zwickmühle.

Marie nahm seinen Arm und steuerte auf einen Tisch zu. „Setzen wir uns? Du wolltest doch mit mir reden", sagte sie aufgeräumt.

„Eigentlich liegt nichts Besonderes an." Damit entschied er sich zu schweigen. Er würde es ihr ein anderes Mal sagen. Verschoben auf später, dachte er mit nicht ganz gutem Gewissen.

Cora hatte die Neuigkeit schon erfahren. Sie saß an der Theke im Daniels und rührte in dem Milchkaffee, den Kai ihr hingestellt hatte. „Marie muss sich ja ganz schön ins Zeug gelegt haben für dich." Sie machte eine kleine Pause. „Hast du ihr eigentlich vorher oder hinterher gesagt, dass du nichts von ihr willst?" Der leicht provokante Ton in ihrer Stimme deutete an, dass sie die Antwort bereits wusste.

Seufzend gab Kai zu, dass er ihr nichts gesagt hatte. Wie erwartet reagierte Cora mit Empörung. „Langsam ist das echt ein bisschen fies. Wie lange willst du sie denn noch zappeln lassen?", fuhr sie ihn an.

Kleinlaut versuchte er sich zu rechtfertigen. „Was hätte ich denn machen sollen? Sie besorgt mir den Job, und ich erkläre ihr zum Dank, dass ich sie leider überhaupt nicht scharf finde!"

„Okay", sah Cora ein, „die Situation war nicht gerade perfekt dafür. Aber so kann es auch nicht weitergehen."

Kai wischte genervt die Theke. Er hatte sich schon etwas ausgedacht, aber so ganz spruchreif war die Sache noch nicht. Deshalb zögerte er, Cora davon zu erzählen. Doch dann überwand er sich. „Ich habe schon einen neuen Plan, der ist ein bisschen eleganter als deine Holzhammermethode."

„Hast du ein Parfüm entwickelt, das die Frauen abstößt?", frotzelte Cora.

„Gar nicht schlecht, aber ohne Parfüm. Ich werde Marie davon überzeugen, dass ich ein Mistkerl bin. Dann erledigt sich das Problem, ohne dass ich ihr wehtun muss."

An Coras Gesicht war abzulesen, dass sie den Plan nicht überzeugend fand, und Kai führte weiter aus: „Was immer sie an mir mag, ab jetzt bin ich richtig ätzend. Sie kapiert nicht mehr, wie sie mich je gut finden konnte, und in ein paar Wochen sind wir wieder stinknormale Kumpel."

Cora wies Kai gleich auf die Lücken in seiner Argumentation hin: „Warum soll sie mit dir befreundet sein, wenn du blöd zu ihr bist? Oder meinst du, sie ist irgendwann immun, und du kannst wieder der nette alte Kai werden?"

Auf diesen Aspekt ging er gar nicht ein. Man sollte Probleme nicht herbeireden, fand er, dafür würde es mit der Zeit schon eine Lösung geben. Und cool entgegnete er: „Das ist Psychologie, Baby, davon verstehst du nichts."

„Aber du!", gab Cora spöttisch zurück.

„Na logen! Warte mal ab. Ich krieg das schon geregelt. Du erledigst so was vielleicht auf die harte Tour. Ich bin da etwas sensibler." Cora zog es vor zu schweigen.

Nach außen tat Kai überzeugter, als er wirklich war. Eigentlich hatte er noch keine konkrete Idee, wie er Marie beweisen konnte, dass er richtig eklig war. Was er brauchte, war eine gute Eingebung.

Vom Gruftie zum Priester

Das war voll daneben gegangen. Kai saß, immer noch in Gruftieklamotten, zu Hause im Sessel und überdachte seine misslungene Aktion. Weil er gedacht hatte, er könnte Marie damit schockieren und abschrecken, hatte er sich dieses dämliche Outfit inklusive Dracula-Cape besorgt und war damit sogar in die Schule gegangen. Jeder normale Mensch hätte ihn für nicht mehr zurechnungsfähig erklärt und den Kontakt zu ihm abgebrochen. Was machte Marie? Aus Liebe zu ihm zog sie selbst Gruftieklamotten an. In der Schule hatten sich alle über sie lustig gemacht, und Marie war auch noch glücklich, dass sie meilenweit als Paar erkennbar waren.

Und dann war alles noch schlimmer geworden. Als ihm der Kragen geplatzt war und er Marie gesagt hatte, dass sie nur lächerlich wirkte in der Verkleidung, war sie, den Tränen nahe, davongelaufen. Er hatte das getan, was er unbedingt vermeiden wollte: Er hatte sie gekränkt. Eine neuer Plan musste her. Er brauchte etwas, was Marie endgültig davon überzeugte, dass er nicht der Richtige für sie war. Und er hatte auch schon eine Idee. Die war ihm am Nachmittag gekommen, als Angehörige der Heilsarmee im Daniels Spenden gesammelt hatten. Vielleicht war das der Ausweg. Er griff zum Hörer.

Sonja hatte Marie zum Trost neue Sachen gekauft, die sie gleich anbehalten hatte. Das Dracula-Outfit, wie Sonja es nannte, war in die Mülltonne gewandert. Die beiden kamen vom Einkaufen nach Hause, und Marie warf sich unglücklich aufs Sofa. Sie verstand überhaupt nicht, warum Kai so gemein zu ihr war, wo sie ihm doch hatte zeigen wollen, dass sie ihn mochte, wie er war, egal in welchen Klamotten. Und dann hatte er sie auf die übelste Weise beschimpft, sie sähe aus wie ein schlechter Witz, hatte er gesagt. So ganz überzeugt war sie ja von dem Gruftiezeug auch nicht, aber das gab ihm nicht das Recht, sie so runterzumachen.

Sonja hörte sich das alles an und dachte im Stillen, es wäre das Beste, wenn Marie Kai vergessen könnte. Als das Telefon klingelte, meldete sich Sonja und reichte den Hörer an Marie weiter. „Es ist Kai. Willst du ihn sprechen?"

Mit gemischten Gefühlen nahm Marie den Hörer. Sonja hörte nur „Ja? Hmm. Ist das wahr? Ist das dein Ernst? Ja, natürlich. Ich habe Zeit. Gut. Also bis dann" und sah Marie fragend an.

„Er hat sich entschuldigt und mich für heute Abend eingeladen. Zu sich nach Hause."

Maries betrübte Stimmung war verflogen. Kai hatte eingesehen, dass er einen Fehler gemacht hatte und wollte das wieder gutmachen. In Vorfreude auf den Abend erschien ein Lächeln auf ihrem Gesicht. Sie sah nicht, wie Sonja skeptisch die Augenbrauen hochzog.

Als Marie Kais Wohnung betrat, staunte sie nicht schlecht. Überall waren brennende Kerzen aufgestellt. Auf dem Tisch standen Gläser, Saft und Kekse bereit, im Hintergrund spielte leise Gospelmusik. Auch Kai hatte wieder seine Alltagskleidung angezogen.

„Dieser Gruftiequatsch war echt nicht so der Hit. In den Klamotten gefällst du mir eindeutig besser", begann er gleich.

„Du mir auch. Schwarz ist nicht deine Farbe", entgegnete Marie erleichtert. Sie bewunderte die Aufmachung der Wohnung. „Ich wusste gar nicht, dass du so romantisch bist."

„Tja!" Kai hüstelte. „Du weißt so einiges noch nicht von mir. Äh, was ich heute im Daniels gesagt habe – ich weiß auch nicht, was da in mich gefahren ist. Es war wirklich nicht so gemeint. Manchmal ist mir, als ob ich neben mir stehe."

Mitfühlend rückte Marie etwas näher an ihn heran. „Das Gefühl kenne ich."

Bei Maries Berührung sprang Kai abrupt auf, murmelte eine Entschuldigung, faltete die Hände und senkte den Kopf. In dieser Haltung erstarrte er und war nicht mehr ansprechbar.

Mehrmals versuchte Marie, eine Erklärung von ihm

zu erhalten, er reagierte nicht. Schließlich stand sie auf und baute sich vor ihm auf. „Nun sag doch was!", bat sie. Und was dann kam, haute sie völlig um.

„Stör mich bitte nicht! Es ist Zeit für mein Gebet", ließ Kai hören, schloss die Augen und verharrte in inniger Gebetshaltung. Nach einer Weile gab er ein abschließendes „Amen" von sich und löste sich aus seiner starren Haltung.

Marie war während der Zeit unruhig hin- und hergewandert. Jetzt fragte sie ihn leicht verärgert: „Was war das denn für eine Nummer? Kein Mensch fängt mitten in einer Unterhaltung an zu beten."

„Wenn die Religion dein einziger Halt ist, schon. Ich hatte heute ein langes Gespräch mit einem Priester. Er hat mir die Augen geöffnet und gezeigt, wie ich meine Probleme lösen kann."

„Was denn für Probleme?", fragte Marie dazwischen.

Und nun hob Kai zu einer salbungsvollen Predigt an: „Mein Leben ist hohl und oberflächlich. Es war bis jetzt eine einzige große Leere. Jetzt habe ich erkannt, dass die weltlichen Dinge nicht glücklich machen. Das ist eine große Illusion. Ich bin bereit, das zu ändern."

Marie schüttelte verständnislos den Kopf. „Du wirst immer durchgeknallter", meinte sie.

Die Pointe hatte sich Kai bis zum Schluss aufgehoben. „Von nun an widme ich mein Leben voll und ganz dem Herrn", gab er seinen Beschluss bekannt. „Ich will den irdischen Dingen entsagen und das heißt, ich darf mich nie wieder auf eine Frau einlassen. Ich will Priester werden."

Marie sah ihn eine Weile mit offenem Mund an, bevor sie ihre Fassung wiedergewann und kontern konnte: „Falls das ein Probeauftritt für ein Rosenmontags-Event ist – ich finde die Nummer total beknackt."

Kai ging überhaupt nicht darauf ein und salbaderte weiter seinen Priestersermon: „Meine Umkehr kommt vielleicht etwas plötzlich. Aber es ist nie zu spät für ein Leben in Reue und Buße."

„Du hast sie ja nicht mehr alle", unterbrach ihn Marie.

„Morgen spreche ich beim Priester vor. Ich will mich als Messdiener bewerben." Marie musterte ihn wie einen Geisteskranken. „Und jetzt, fuhr er entschuldigend fort, „würde ich mich gerne zum Gebet zurückziehen."

Völlig entnervt verabschiedete sich Marie: „Ich wollte sowieso gerade gehen." Zum krönenden Abschluss küsste Kai Marie salbungsvoll auf die Stirn und gab ihr ein „Geh mit Gott, Marie" mit auf den Weg.

Wutschnaubend zischte ihn Marie an: „Halt die Luft an. Ich kenne den Weg …" und machte auf dem Absatz kehrt, um in Richtung Tür zu marschieren. Sie sah nicht mehr, dass Kai, sich seines Erfolges sicher, zufrieden grinste.

Kai war überzeugt, dass sein zweiter Abschreckungsversuch gelang. Obwohl Cora Skepsis geäußert und gemeint hatte, er müsse dem ganzen Gequatsche über Priesterweihe und Zölibat Taten folgen lassen, sonst wirke es völlig unglaubwürdig, hatte er den Eindruck, Marie sei jetzt schon völlig genervt. Zweimal war sie bereits bei seiner Priester-Show wütend davongerannt, und er hoffte darauf, dass sie ihn beim nächsten Mal endgültig verloren gab – an den heiligen Schoß der Kirche.

Tatsächlich war Marie tiefgreifend verunsichert. Sie saß mit Sonja am Frühstückstisch und berichtete von Kais plötzlich aufgetretener religiöser Erweckung. Sonja zeigte sich amüsiert und nahm Kais Eskapaden nicht im Geringsten ernst: „Er macht dir etwas vor, glaub mir. Kai wäre in einem Priesterseminar so fehl am Platz wie Naomi Campbell bei einem Putzfrauenkongress."

Marie verstand Kais Absicht einfach nicht. „Was soll der ganze Zirkus? Die religiöse Tour nervt megamäßig, das schnallt er doch auch." Es gebe eigentlich nur zwei Möglichkeiten, wie man das verstehen könne, meinte Sonja, entweder an Kais Gefühlen Marie gegenüber habe sich etwas verändert. „Das glaube ich nicht", unterbrach sie Marie, „er traut sich bloß nicht, seine Gefühle offen zu zeigen. Und immerhin hat er mir nachgerufen, dass ich ihm nicht egal bin."

„Dann ist es die andere Möglichkeit. Er will deine Liebe auf die Probe stellen."

„Indem er mich nervt?", fragte Marie ungläubig.

„Wahrscheinlich hat er ‚Dornenvögel' gesehen. In der Schnulze spielt Richard Chamberlain einen australischen Geistlichen."

„Kenne ich nicht", warf Marie ein.

„Er kämpft sein Leben lang gegen seine Gefühle für eine Frau, Maggie. Sie liebt ihn aber und lässt sich nicht davon abschrecken, dass er Priester ist."

Zögernd begann Marie zu verstehen. „Soll das heißen – Kai will, dass ich um ihn kämpfe?"

„Eine andere Erklärung fällt mir nicht ein. Ich an deiner Stelle würde mich genauso wenig abschrecken lassen wie die gute Maggie …"

Marie biss grüblerisch in ihr Marmeladenbrötchen. Das Beispiel hatte sie überzeugt. Entschlossen gab sie bekannt: „Okay, ich bleibe am Ball." Das heißt aber nicht, dass ich diese Priesternummer so einfach hinnehme, fügte Marie in Gedanken hinzu.

Eine Gelegenheit, Kais Ernsthaftigkeit bezüglich seiner Priesterpläne auf die Probe zu stellen, ergab sich zufällig schon bald im Daniels. Moritz, ein DJ aus der Schule, der einen Rapper suchte und von Kais Talent sehr angetan war, stand neben Kai an der Theke, und die beiden verabredeten sich für den nächsten Tag in der Schule, um miteinander zu proben. Kai biss gerade herzhaft in ein belegtes Baguette, als Marie hereinkam und ihn frotzelnd fragte, ob das seine letzte Mahlzeit vor der Fastenzeit sei. Als angehender Priester müsse er das doch wissen.

Moritz, der das Gespräch mithörte, fragte misstrauisch: „Ich verstehe immer Priester. Was ist das denn für ein Ding?"

An Kais Stelle antwortete Marie eifrig: „Kai ist sehr gläubig. Er geht jeden Sonntag in die Kirche. Und Frauen und Alkohol sind absolut tabu."

Moritz reagierte verständnislos: „Ich denke, du bist ein Rapper."

Kleinlaut versuchte Kai einzulenken. „Das kann man doch beides sein!"

„Nee. Entweder oder. Die Kids auf der Straße kaufen dir doch keinen Typen im Pfaffenlook ab. Das ist total unglaubwürdig. Und ich lege größten Wert auf Street Credibility."

Kai konnte noch so sehr reden, Moritz wich nicht von seiner Meinung ab. Mit den Worten „Ich glaube nicht, dass wir zueinander passen, Hochwürden" verließ er das Daniels.

Kai schluckte seinen Frust runter, lächelte Marie scheinheilig an und bemerkte: „Solchen Vorurteilen begegnet man immer wieder. Aber ich stehe zu meinem Glauben."

„Ja sicher, das finde ich auch ganz toll", erwiderte Marie. Auch sie hatte ein falsches Lächeln aufgesetzt.

Jetzt ist endgültig Schluss mit der Show, es muss Klartext geredet werden, sagte sich Kai, nachdem die Priesternummer aufgeflogen war. Natürlich war er doch zu der Rapper-Probe in der Schule gegangen, und das, obwohl er mit Marie gerade in einem Religions-Kurs über christliche Besinnung gesessen hatte. Mit der Begründung, er müsse kurz mal allein meditieren, hatte er sich nach nebenan begeben und dann mit Moritz kräftig und unüberhörbar gerappt. Marie war ihm auf die Schliche gekommen und er musste zugeben, dass das ganze Glaubensgerede eine einzige Show war.

Aber statt ihn zum Teufel zu jagen, fiel Marie ihm um den Hals. Sie gab ihm einen Kuss auf die Wange und sagte, sie habe von Anfang an gewusst, dass er sie nur auf die Probe stellen wollte, um herauszufinden, ob sie wirklich zu ihm stünde. Er könne beruhigt sein, die Probe habe sie ja nun bestanden, so leicht würde er sie nicht los. Und dann wollte sie sich nach der Schule mit ihm treffen, um sich auszuquatschen, wie sie sagte. Er musste ihr endlich gnadenlos klar machen, was Sache war.

Dann bekam er es doch wieder mit der Angst und drückte sich um das Treffen herum, verließ – auf Moritz' Rat – erst viel später die Schule, in der Hoffnung, Marie sei schon gegangen. Aber als hätte sich der Himmel gegen ihn verschworen, hatte sie sich verspätet und rannte ihm geradewegs in die Arme, gerührt, dass er so lange auf sie gewartet habe. Und sie hatte nicht locker gelassen und ihn als Wiedergutmachung für die Verspätung zum Essen eingeladen. Sie wollte Spagetti kochen. Er protestierte und wand sich, aber es half alles nichts, gegen ihren Willen war er machtlos.

Nun saßen sie im Wohnwagen, und Marie rührte eifrig in einer Tomatensoße. Kai trank missmutig ein Bier und überlegte, wie er am besten und schnellsten hier wegkam. „Ich habe wirklich keinen Hunger", betonte er.

„Ich auch nicht", erwiderte Marie verständnisvoll, „das ist so, wenn man verliebt ist … Magst du Knoblauch?"

„Geht so."

„Ich habe eine ganze Knolle reingetan. Wir gehen ja sowieso nicht mehr weg."

Kai startete einen neuen Versuch. „Ich bin total müde. Um die Zeit mache ich normalerweise immer ein Schläfchen."

„Hau dich ruhig hin! Ich weck dich, wenn ich fertig bin."

„Danke, aber ich schlaf lieber zu Hause."

„Nun stell dich nicht so an. Da hinten ist mein Bett."

Die Flucht wollte nicht gelingen. Also dann die direkte Konfrontation. „Marie, ich muss dir was sagen", setzte Kai an.

„So schlimm mit dem Knoblauch?", missverstand ihn Marie.

154

„Darum geht's nicht …", versuchte es Kai erneut.

Er wurde abrupt unterbrochen von Fabian, der in diesem Moment den Wohnwagen betrat, den Essensduft roch und sich fröhlich scherzend zum Essen einlud. Marie war erst nicht begeistert, packte dann aber die Gelegenheit beim Schopf und wandte sich fast feierlich an Fabian: „Wenn du schon mal da bist. Setz dich! Ich muss dir was erklären."

„Du machst es ja richtig spannend. Was ist los?"

Marie griff nach Kais Hand. Sie gab sich einen Ruck und verkündete: „Kai und ich sind seit Neuestem zusammen. Du weißt schon, wir gehen miteinander."

Fabian wusste nicht recht, was er darauf sagen sollte, und sah Kai an. Der schwieg auch und lächelte nur etwas nervös und unsicher vor sich hin. Um die Situation nicht peinlich werden zu lassen, schlug Fabian vor, dass man jetzt zum Essen übergehen solle. Erleichtert holte Marie die Spagetti.

Das Abwaschen danach übernahm Fabian mit Kai an seiner Seite, Marie schickte er in den Stall, um Soapy zu füttern. Unmissverständlich zog Fabian Kai zum Tisch, um ein ernstes Wort mit ihm zu reden. Kai schluckte, setzte sich aber ohne Widerspruch und hörte sich an, was Fabian ihm zu sagen hatte. „Ich möchte, dass du Marie fair behandelst. Also: keine Spielchen und keine schrägen Abenteuer."

„Auf was für Gedanken du manchmal kommst …", empörte sich Kai.

„Wenn du ihr wehtust, hast du einigen Ärger an der Backe. – Und zwar mit mir." Damit beendete Fabian das Gespräch und entließ Kai, der sich nachdenklich auf den Heimweg machte. Als hätte er vorher nicht schon genug Ärger gehabt! Jetzt saß er endgültig in der Patsche. Fabian war sein Chef im Daniels, und wenn mit Marie etwas schief lief, war er seinen Job los. Tolle Aussichten!

Auch Moritz war keine große Hilfe. Als der am nächsten Morgen im Daniels mitkriegte, dass Kai Marie keineswegs losgeworden war, im Gegenteil, dass Marie ihn gleich mit einem Kuss begrüßte, war er höchst verwundert. Kai erzählte ihm, wie sie ihn nach der Schule doch noch erwischt und mit nach Hause geschleppt hatte. Und dass er jetzt nicht nur Marie, sondern auch noch Fabian am Hals hatte.

„Ich muss ihr ne klare Ansage machen, sonst läuft mir die Sache aus dem Ruder", fasste Kai die Situation zusammen.

„Ich würde an deiner Stelle nicht so einen auf Stress machen", riet ihm Moritz.

„Machst du Witze? Du hast ja wohl gesehen, wie sie mir auf die Pelle rückt."

„Überleg es dir! Wenn du jetzt sofort Schluss machst, denkt jeder, du hättest sie nur ausgenutzt. Ich kenne so was aus eigener Erfahrung."

Moritz hatte gut reden. Der musste das verliebte Getue ja auch nicht ständig ertragen. Bitter sagte Kai: „Das sind ja tolle Tipps."

Nachdrücklich wiederholte Moritz seinen Rat: „Hör auf einen Experten! Sei brav und halte ein paar Wochen durch. Vielleicht kapiert sie dann von selbst, dass das mit euch nicht klappt."

Kai seufzte aus tiefstem Herzen. Es schien, als ob ihm gar nichts anderes übrig blieb, wenn er seinen Job nicht verlieren wollte. Sagte er Marie jetzt, dass er nicht in sie verliebt war, würde Fabian ihn zu Hackfleisch verarbeiten. Moritz hatte Recht, er musste, wenigstens für eine Weile, gute Miene zum bösen Spiel machen.

Aber übertreiben musste man die Sache auch nicht, fand Kai, und die Abiklausuren boten einen plausiblen Grund, dass er nicht so viel Zeit mit Marie verbringen konnte. Das musste sie einsehen, höhere Gewalt gewissermaßen. Als Sandra und Marie nach der Schule das Daniels betraten, saßen Kai und Moritz an der Theke und berieten, wie sie die Geschichtsklausur am nächsten Tag einigermaßen über die Bühne kriegten. In der Russischen Revolution waren beide nicht sehr fit. Aber noch mehr interessierte sie der Gig, der nach der Klausur in der Schule steigen sollte, und bei dem sie ihr HipHop-Programm vorführen wollten. Ein bisschen Üben dafür könnte nicht schaden, meinte Kai.

Marie sah sich um. „Viel ist hier ja nicht los, ich brauche ein bisschen Action. Wir haben gerade eine oberätzende Chemiestunde hinter uns. Was steht bei euch an?"

Moritz setzte an, um von der Probe für den Auftritt zu berichten: „Wir hatten gerade vor …", als Kai ihn unterbrach und den Satz in seinem Sinn beendete: „… für die Klausur morgen zu lernen. Ich würde supergerne mir euch einen draufmachen. Aber es geht leider nicht – Geschichte hat uns voll im Griff."

„Klar", unterstrich Moritz, der auf einmal begriff, „wir sind sozusagen auf dem Sprung zur Russischen Revolution."

Marie war voller Mitgefühl. „Mein Beileid. Schade. Aber das Abi ist wichtiger."

„Das kannst du laut sagen. Noch mal darf ich nicht durchfallen. Ciao!" Damit bugsierte Kai Moritz sanft in Richtung Ausgang.

Sandra und Marie flipperten eine Runde, aber Marie war in Gedanken bei Kai. Es tat ihr Leid, dass er so viel lernen musste, und sie überlegte, ob sie ihm nicht irgendetwas Gutes tun könnte. Als sie von Ferne hörte, wie Fabian einem müden Gast einen Vitamincocktail zum Munter-Werden empfahl, hatte sie *die* Idee. Bewaffnet mit lauter gesunden Zutaten und einem Cocktail-Shaker, den sie von Fabian ausgeliehen hatte, machte sie sich auf den Weg zu Kais Wohnung.

Allzu lang hatte die Arbeitswut der beiden Lernenden nicht angedauert, dann legten sie eine CD ein und fingen an zu rappen. Sie waren immer noch dabei, als Marie mit ihrem Energy-Cocktail eintrat. Moritz fand die Idee klasse, während Kai nur etwas genervt an dem Drink nippte.

„Kommt richtig gut, der Sound. Und du hast den selbst gemixt?", wollte Marie von Moritz wissen.

„Klaro. Ich hab ganz schön lange dran gesessen. Weißt du, dass wir morgen einen Gig haben? Nach der Klausur, so als Abschlussparty?"

„Na klar." Marie nickte. „Die ganze Schule redet davon. Ich freue mich schon tierisch, euch zu sehen."

„Ich hab gehört, du nimmst Gesangsunterricht?", fragte Moritz.

„Ja, aber noch nicht so lang."

„Und, was singst du da so?"

„Wir feilen gerade an einer Ballade, ‚Amazing Grace'. Schon mal gehört?"

„Klar, kann was, das Stück."

Kai mischte sich ungeduldig ein. Die Richtung, in die das Gespräch ging, gefiel ihm gar nicht. „Hey, es ist Zeit, wir müssen weiterlernen." Aber Moritz ließ sich nicht stören und schlug Marie vor: „Hast du nicht Lust, bei uns die Backings zu singen? Nur zwei Typen auf der Bühne kommt irgendwie öde."

Das musste er ihr nicht zweimal sagen, logisch, dass sie sofort zusagte. Kai hatte hinter Maries Rücken mit Gesten versucht, Moritz zu stoppen, und tippte sich jetzt mit dem Zeigefinger unmissverständlich an die

Stirn. Wie konnte der ihn so hintergehen? Als Marie sich umdrehte, lächelte er gequält.

„Sollen wir gleich üben?", fragte sie voller Tatendrang.

„Du bringst das auch ohne Probe. Du kennst ja unsere Tracks. Wie gesagt, wir müssen jetzt leider lernen", wimmelte Kai sie ab.

„Okay, dann lasse ich euch jetzt in Ruhe. Ich muss auch mein Referat für morgen noch mal überfliegen. Bis denn, ciao!", rief sie den beiden zu, und weg war sie.

Und es hat zoom gemacht …

„Das soll wohl ein Witz sein! Ich hocke mich doch nicht stundenlang an die Nähmaschine und zauber dir ein super Outfit für den Auftritt, und dann willst du kneifen." Sonja wurde richtig ein bisschen sauer, als sie von Marie und Sandra erfuhr, dass Marie ihren Auftritt als Backgroundsängerin absagen wollte. Das Referat im Unterricht war voll danebengegangen, alle hatten sie ausgelacht, und sie war total nervös geworden und weinend aus der Klasse gerannt. Nach dieser peinlichen Nummer konnte sie sich unmöglich auf eine Bühne wagen. Wahrscheinlich würde sie wieder alles verpatzen. Sandra, die sich bereit erklärt hatte mitzusingen, redete auf sie ein: „Erstens stehen wir nur im Hintergrund auf der Bühne – und zweitens habe ich mich schon umgezogen."

Sonja konnte Marie gerade noch davon abhalten, zum Telefon zu greifen und Kai abzusagen. „Also wirklich, du willst dich doch von einem verpatzten Referat nicht unterkriegen lassen!"

„Ich habe keinen Bock, mich noch mal zu blamieren", seufzte Marie. Aber schließlich gab sie unter weiterem Zureden von Sandra und Sonja ihren Widerstand auf. Es hätte ihr auch Leid getan, wenn Sonja das superstarke Bühnenoutfit umsonst genäht hätte. Zögernd und unsicher schleppte sie sich zum Auftritt in die Schule.

Das Konzert war in vollem Gange, das Publikum ging enthusiastisch mit. Moritz stand am Mischpult, während Kai über die Bühne rappte und Sandra und Marie den Background lieferten. Marie wirkte wie gelähmt, ihre Bewegungen verkrampft. Sie merkte selbst, dass sie schlecht und unsicher rüberkam, konnte aber nichts dagegen tun. Zu tief saß ihr der Schock vom Vormittag in den Knochen. Kai sah sie genervt an und forderte sie gestisch auf, mehr Action zu zeigen.

Fabian, Sonja und Philip winkten ihr aufmunternd zu, aber Marie kam nicht aus sich heraus. Hölzern und steif bewegte sie sich zum Rhythmus der Musik. Das Stück war zu Ende, das Publikum applaudierte, man hörte „Bravo"-Rufe und „Zugabe", „Weitermachen".

Kai tuschelte mit Moritz. Er hatte eine Idee, die, wie er selbst zugab, etwas gemein war, aber Marie wirkungsvoll von ihrer Vorstellung, Sängerin zu werden, und von ihrer Verliebtheit in ihn abbringen könnte. Er ging zum Mikrofon und verkündete: „Keine Panik, es geht schon weiter. Als Nächstes wird uns ein aufgehender Stern am Songhimmel mit einem unvergesslichen Soloauftritt erfreuen: Newcomerin Marie Balzer mit ‚Amazing Grace'."

Marie konnte es nicht fassen, sie glaubte einfach

nicht, was sie hörte. Starr vor Schreck, mit panisch geweiteten Augen stand sie da und rührte sich nicht. Sie merkte nicht, wie Sandra sie bei der Hand nahm und hinter die Bühne zog, wie Sonja ihr die Haare kämmte. Sie hörte nicht, wie Kai, von schlechtem Gewissen geplagt, ans Mikro trat, um ihr Solo abzusagen. Er hatte gerade angesetzt: „Hört mal eben her, Leute! Zu meinem unendlichen Bedauern muss ich euch mitteilen, …", als Moritz ihn unterbrach. Die Absage war nicht mehr nötig. Marie kam erst wieder zu sich, als sie im Scheinwerferlicht auf der Bühne stand – vollkommen ruhig und gelassen – und anfing zu singen. Moritz mischte Musik unter den Song. Gebannt und fasziniert hörte das Publikum zu. Maries Stimme war fest und sicher, noch nie hatte sie eine so überzeugende Vorstellung geboten.

Wie in Trance starrte Kai Marie an, er hing förmlich an ihren Lippen. Als hätte ihre Stimme irgendetwas in ihm ausgelöst, fühlte er sich zu ihr hingezogen. Erst nachdem sie geendet hatte und sich tosender Beifall erhob, erwachte er aus seiner Trance und begann auch zu klatschen. Sie kam auf ihn zu und gab ihm das Mikro. „Gratuliere", stammelte er, „du warst echt … mega …"

„Manchmal braucht man einen Tritt in den Hintern", sagte Marie trocken, „danke, dass du das übernommen hast." Und sie steuerte auf Fabian, Sonja und Sandra zu, die sie mit Lob überschütteten. Die Blicke, die Kai ihr nachschickte, konnten nicht verhehlen, dass die Liebe ihn wie ein Blitz aus heiterem Himmel getroffen hatte.

Später am Nachmittag klopfte Kai, mit einem riesigen Blumenstrauß in der Hand, an die Tür des Wohnwagens. Marie öffnete, und er hielt ihr den Strauß entgegen. „Ich wollte dir noch mal zu dem Auftritt gratulieren. Du warst einsame Spitze. Echt sensationell."

Sie musterte ihn kühl und machte keine Anstalten, die Blumen anzunehmen. Leicht verunsichert fuhr Kai fort: „Dein Outfit war auch megastark. Äh, die Blumen sollten vielleicht in eine Vase." Marie schwieg beharrlich. Kai räusperte sich. „Tja, und warum ich sonst noch vorbeigekommen bin … Es ist so … Ich find dich echt cool und so …"

Und dann passierte etwas, was den sonst um Worte nicht verlegenen Kai sprachlos machte. Marie holte weit aus und verpasste ihm mit voller Wucht eine Ohrfeige. Er stand da und hielt sich die Wange, sein Kopf brummte. Als er seine Fassung wieder gefunden hatte, murmelte er: „Aber … was soll denn das?"

Wütend zischte Marie ihn an: „Deine fiesen Spielchen stehen mir hier." Sie fuhr sich mit der flachen Hand den Hals entlang. „Hör endlich auf, mir was vorzumachen. Ich weiß Bescheid. Du hast mich die ganze Zeit nur verarscht." Kai sah sie verständnislos an. „Moritz war hier", sagte sie nun etwas ruhiger. „Hier, hör dir das mal an!" Sie ließ eine Kassette laufen, und Kai hörte seine eigene Stimme aus dem Lautsprecher tönen: „Offensichtlich sind alle in Marie verknallt, nur ich nicht. Die rennt mir schon seit Wochen hinterher. Und um sie loszuwerden, habe ich mir diesen Schwachsinn mit dem Priester ausgedacht …"

Entsetzen stieg in Kai hoch. Marie stoppte die Kassette. „Du bist so ein mieses Schwein!"

Betroffen und hilflos stammelte Kai: „Das war nicht so gemeint. Ganz am Anfang war ich vielleicht ein bisschen genervt von dir. Aber jetzt sehe ich dich wirklich mit anderen Augen." Er versuchte zu retten, was nicht mehr zu retten war. „Halt endlich die Klappe", schrie sie, „ich will nichts mehr mit dir zu tun haben." Mit diesen Worten riss sie die Tür auf. „Raus! Und lass dich nie wieder hier blicken!" Noch einmal wagte Kai einen Versuch: „Marie, jetzt warte doch mal!" Aber Maries wütendes Gesicht ließ ihn aufgeben, mit zuckenden Schultern ging er hinaus. Sie knallte die Tür hinter ihm zu und kaum war sie allein, brachen die Tränen aus ihr heraus. Noch nie in ihrem Leben war sie so verletzt worden.

Als Fabian nach Hause kam, lag sie verheult in ihrem Bett. Er setzte sich auf die Bettkante und versuchte sie zu trösten.

„Dass Kai so fies ist …! Und ich bin ihm wie eine dumme Kuh hinterhergelaufen", schluchzte sie.

„Der hat dich gar nicht verdient. So ein tolles Mädchen!"

Marie schnäuzte sich. „Sogar bei seiner albernen Priestergeschichte habe ich mitgespielt. Dabei wollte er mich die ganze Zeit nur abwimmeln. Ich hab's echt nicht gerafft! Ich weiß nicht, wie ich ihm noch mal unter die Augen treten soll."

„Dieser Mistkerl!", entfuhr es Fabian, „du hast hoffentlich nicht vor, dich weiter mit ihm zu treffen."

„Quatsch! Aber ich sehe ihn ja in der Schule – und im Daniels. Da kann ich jetzt nicht mehr hingehen."

„Seinen Job ist er los, so viel ist klar. Den hat er sowieso nur gekriegt, weil du dich für ihn eingesetzt hast", bekräftigte Fabian.

„Dieser Dreckstyp. Warum war ich nur so dämlich!" Vor Wut und Kummer begann Marie wieder zu schluchzen, und Fabian blieb nichts anderes übrig, als ihr tröstend übers Haar zu streichen.

Indessen beklagte sich Kai bei Moritz, dass der ihm alles vermasselt habe und Marie jetzt stocksauer sei. Moritz verteidigte sich. Marie habe ihm Leid getan, wie sie so treudoof hinter Kai hergedackelt sei. Aber in erster Linie habe er ihm einen Gefallen tun und sie ihm endgültig vom Hals schaffen wollen. Immerhin sei er sie jetzt los.

„Aber vielleicht will ich das überhaupt nicht!"

Jetzt verstand Moritz gar nichts mehr. Kai klärte ihn

auf: „Ich war gerade dabei, mich in sie zu verknallen."

„Das ist voll der Hammer", rief Moritz verblüfft, „hey, das konnte ich nicht riechen, ich dachte, ich tue dir was Gutes."

Kai seufzte. „Was soll's. Eigentlich habe ich es selbst verbockt. Ich hätte sie nicht anlügen dürfen."

„Oh, Mann. Männer und späte Einsichten … Entschuldige dich bei ihr, da stehen Frauen drauf", riet Moritz.

„Habe ich schon probiert. Sie glaubt mir natürlich überhaupt nichts mehr."

„Hmm, Sendepause also. Und nun?"

Das wusste Kai auch nicht. Er war nur überzeugt, dass er die Sache wieder auf die Reihe kriegen musste. Er würde alles dafür tun, dass Marie ihm verzieh.

Gleich am nächsten Morgen machte Kai einen ersten Schritt, und musste prompt einen Misserfolg einstecken. Fabian fertigte ihn auf gröbste Weise ab, als er am Wohnwagen auftauchte und nach Marie fragte. „Dass du dich überhaupt traust, hier noch mal aufzukreuzen. Nach dem, was du dir geleistet hast."

Er feuerte ihn auch gleich noch aus seinem Job im Daniels, warnte ihn vor weiteren Konsequenzen, falls er sich noch mal in Maries Nähe blicken ließe, und schlug ihm dann die Tür vor der Nase zu, ohne die Kassette von Maries Auftritt entgegengenommen zu haben, die Kai als Entschuldigungsgeschenk mitgebracht hatte.

Der zweite Versuch lief nicht besser. In der Pause traf er Marie auf dem Flur. Sie wandte sich demonstrativ ab, als sie ihn bemerkte. Trotzdem sprach er sie an: „Ich muss unbedingt mit dir reden." Keine Reaktion. „Bitte glaub mir! Es tut mir wirklich tierisch Leid", versuchte er es erneut.

Marie würdigte ihn keines Blickes und eilte weiter in Richtung Klasse. Er wollte gerade hinter ihr hergehen, als Sandra ihn zurückhielt. „Lass sie in Ruhe. Du merkst doch, dass sie die Schnauze voll hat von dir", sagte sie kühl und ließ ihn ohne eine weitere Bemerkung stehen. Von hinten legte sich eine Hand auf seine Schulter. Moritz hatte die Ereignisse verfolgt und meinte bedauernd: „Da ist wohl nichts mehr zu löten, was?"

Aber Kais Kampfesgeist war erwacht. Er hatte seine Fehler eingesehen und jetzt, wo er in Marie verliebt war, wollte er nicht eher ruhen, bis er sie von der Ehrlichkeit seiner Gefühle überzeugt hatte. Beinahe trotzig legte er ein Bekenntnis ab: „Ich mache weiter – bis sie kapiert hat, was sie mir bedeutet. Und wenn ich mich dafür zum größten Affen der Schule mache."

Wie viel Energie ihn das noch kosten sollte, begriff Kai erst langsam. Er versuchte es mit einem Liebesbrief, die reinste Poesie sollte es sein. Verklärt dichtete er: „Wenn ich deine Stimme höre, versinkt die Welt um mich herum im Nichts. Mit deiner Schönheit umschmeichelst du meine Sinne wie feinster Samt. Du hast mein Herz entflammt und nichts kann es je wieder löschen."

Moritz fand, das sei das Schmalzigste, was er je gehört habe. „Arme Marie! Ich bin mal gespannt, wie verzaubert sie ist, wenn sie diesen peinlichen Kram gelesen hat." Weil er aber glaubte, bei Kai noch etwas gutmachen zu müssen, ließ er sich überreden, den Liebesboten zu spielen und Marie den Brief persönlich in die Hand zu drücken.

Er platzte mitten in ihre Geburtstagsfeier mit Fabian und Sonja. Als sie sah, dass der Brief von Kai war, zerriss sie ihn sofort, ohne einen Blick darauf zu werfen. Sonjas Zureden, sie solle doch wenigstens mal reinschauen, half nichts, sie blieb stur. „Sag diesem Mistkerl, dass er bei mir unten durch ist. Und zwar bis ins Jahr dreitausend."

Kai und Moritz saßen mit einer Tüte Muffins in der Passage, und Kai hörte sich die Geschichte vom Misserfolg bei der Briefübergabe an. „So hast du bei der keine Chancen", beendete Moritz seinen Bericht.

„Quatsch, jetzt geht es erst richtig los. Und ich habe auch schon eine Idee. Kleinere Rückschläge kommen schon mal vor. Wichtig ist, dass man immer noch ein Ass im Ärmel hat", erklärte Kai großspurig.

„Und was soll das sein? Ne Einladung zu Pommes rot weiß?", frotzelte Moritz.

„Viel besser. Ich mache mit Marie ein Date am Kino aus."

Das überzeugte Moritz noch weniger, aber Kai war nicht zu bremsen. „Warte es ab. Dort wartet eine geniale Überraschung auf sie. Mehr wird noch nicht verraten."

„Und wie willst du sie da hinlotsen? Ich spiele jedenfalls nicht noch mal den Kuppler." Moritz wies auf ein schwerwiegendes Problem hin. Das war der Haken an der Sache. Irgendjemand musste Marie dazu bringen, ihn am Kino zu treffen. Aber wer? Kai war noch am Nachgrübeln, als das Schicksal in Gestalt von Sonja die Passage betrat. Bei ihrem Anblick kam Moritz die Idee, sie sei genau die richtige Person für diese Aufgabe. Kais anfängliche Skepsis wich, als er hörte, dass Sonja versucht hatte, Marie zum Lesen des Briefes zu überreden. „Warum nicht? Probieren kann man es ja mal", meinte er und sprach Sonja an. Und die sagte tatsächlich ihre Hilfe zu.

Mittags hatte Sonja Marie von der Schule abgeholt und sie zum Geburtstagsessen in den ‚Fasan' eingeladen. Nach dem Aperitif tastete sich Sonja vorsichtig an das heikle Thema heran. „Übrigens habe ich vorhin Kai getroffen."

Maries Reaktion kam wie erwartet. „Ich hoffe, du hast ihn links liegen lassen. Oder noch besser, ihm eine Bananenschale vor die Füße geworfen."

„Kai sieht ein, dass er sich wie ein Idiot benommen hat. Es tut ihm wirklich Leid", versuchte Sonja sie zu beschwichtigen.

„Klar, das sagt er immer." Resignation drang aus Maries Worten.

„Wie wär's, wenn du dich mal mit ihm treffen würdest? Er hat sich eine Überraschung für dich ausgedacht. Und ich habe ihm versprochen, dass ich dich zu dem Treffpunkt bringe."

Marie war nicht überzeugt, die Angst vor einer weiteren Enttäuschung machte sie skeptisch. „Und wenn er mir doch nur wieder eine reinwürgen will?"

Sonja beruhigte sie. „Bestimmt nicht. Vertrau mir. Und wenn etwas sein sollte, ich bin ja in der Nähe."

Marie hatte sich überreden lassen und ging in Sonjas Begleitschutz zu dem verabredeten Treffpunkt vor dem Kino. Kai hatte es einige Mühe gekostet, den Kinobesitzer dazu zu bringen, auf die Anzeigetafel in großen Lettern zu setzen: „HAPPY BIRTHDAY! MARIE, DU BIST DIE GRÖSSTE VON ALLEN". Mit einem Kuchen in der Hand wartete er vor dem Kino und winkte fröhlich, als er die beiden kommen sah. Marie starrte auf die Anzeigetafel.

„Da bist du baff, was?" Stolz präsentierte Kai sein Werk.

Voller Hass schleuderte Marie ihm entgegen: „Du bist der widerlichste Typ, der mir je begegnet ist." Ohne ein weiteres Wort lief sie heulend davon.

171

„Was ist denn los? Was hat sie denn? Habe ich etwas Falsches gesagt?", stammelte Kai irritiert und blickte Sonja fragend an.

„Du brauchst überhaupt nichts mehr zu sagen", sagte sie und deutete auf die Anzeigetafel, „deutlicher als das da geht es ja wohl nicht." Kai wandte seinen Blick nach oben und las, was in großen Lettern auf der Tafel prangte: „HAPPY BIRTHDAY! MARIE, DU BIST DIE GRÖSSTE VON ALLEN SCHLAMPEN IN BERLIN".

„Oh, Shit!", das war das Einzige, was ihm dazu einfiel. Das war wieder mal gründlich danebengegangen.

Wenigstens konnte er Sonja davon überzeugen, dass er unschuldig war an dem Desaster, dass der Kinobesitzer einfach den Filmtitel des Abends unter seine Anzeige gesetzt hatte, also unglückliche Umstände schuld waren an dieser blöden Wortkombination. Sonja glaubte ihm und versprach, ein gutes Wort bei Marie einzulegen und ihr das Missverständnis zu erklären.

Doch das war vergebene Liebesmüh. Marie lag heulend in ihrem Bett im Wohnwagen. Sonja redete tröstend auf sie ein, aber als sie den Namen Kai erwähnte, schrie und tobte Marie und beschuldigte Sonja, mit Kai unter einer Decke zu stecken. Es war keine Verständigung möglich, und hilflos musste Sonja die gekränkte Marie ihren Tränen überlassen und wieder gehen.

Der Einzige, bei dem Marie Trost fand, war Soapy. Sie streichelte Soapys weiches Fell und kuschelte ihr Gesicht in seine Mähne. Mit tränenerstickter Stimme flüsterte sie ihm zu: „Warum ist er so fies zu mir? Was habe ich denn getan?" Soapy war ein geduldiger Zuhörer. „Wenigstens hältst du zu mir ..." Marie drückte sich an den warmen Körper des Ponys.

Ein Geräusch ließ sie auffahren und sich herumdrehen. Mitten im Stall stand Kai, in der Hand einen Kuchen, dekoriert mit Kerzen. „Mir war klar, dass ich dich hier finde", begann er, „das mit der Geburtstagsüberraschung ist echt blöd gelaufen. Können wir das nicht einfach vergessen? Er deutete auf die Torte. „Wie sieht es aus, kleiner Versöhnungshappen gefällig?"

„Du kommst hier mit diesem Süßzeugs reinmarschiert und meinst, damit ist alles wieder gut? Tickst du noch richtig?", fuhr Marie ihn an.

„Nein, ich meine ja. Ich wollte dir wirklich nicht wehtun. Glaube mir, du bedeutest mir superviel."

„Lüg nicht rum. Noch mal falle ich nicht drauf rein. Vergiss es einfach und zisch ab!"

„Lass uns doch in Ruhe über alles quatschen!" Kai kam ein paar Schritte näher.

„Hau ab, mit dir bin ich fertig." Wütend holte Marie aus und schlug Kai die Torte aus der Hand. Der schrie noch panisch „Niiicht!", dann landete die Torte bereits auf dem Boden. Das Stroh fing durch die brennenden Kerzen Feuer und loderte auf. „Oh Gott", entfuhr es Marie. Hektisch traten beide auf dem Feuer herum, bis sie es gelöscht hatten. „Um ein Haar ...", sagte Kai, noch außer Atem. Sie standen sich nah gegenüber, der Schock wich langsam einer großen Erleichterung. Kai lächelte Marie zaghaft an, sie erwiderte unsicher seinen Blick.

Unsanft wurden sie von einer wenig freundlichen Stimme aus der vertraulichen Stimmung gerissen. „Wer spielt hier mit Feuer herum?", brüllte der Stallangestellte, der unbemerkt hereingekommen war. Kai und Marie fuhren auseinander.

„Das war ein kleiner Unfall. Ist schon wieder alles klar", sagte Kai hastig. Marie hatte sich wieder im Griff. Kühl forderte sie Kai auf zu gehen. „Du hast schon genug verbockt", meinte sie. An ihrem Gesichtsausdruck merkte er, dass es ihr ernst war, und machte sich geknickt davon.

Fürs Erste wusste er nicht mehr weiter. Er hatte alles getan, um sich zu entschuldigen, um seine Fehler wieder gut zu machen, ohne Erfolg. Es war immer nur noch schlimmer geworden. Vielleicht sollte er sich eine Zeit lang zurückziehen, bis Marie sich beruhigt hatte. Vielleicht ergab sich ja mal eine Gelegenheit, bei der er ihr seine Gefühle beweisen konnte.

Die Gelegenheit ließ nicht lange auf sich warten. Im Daniels hörte Kai mit, wie Marie Fabian aufgeregt erzählte, dass der Bauer Soapys Stall gekündigt habe, nachdem er von dem kleinen Feuer erfahren hatte. Fabian versprach, noch mal mit dem Bauern zu reden, aber das schien angesichts dessen Sturheit aussichtslos. Marie musste sich wohl oder übel nach einem neuen Stall umsehen. Kai bot ihr sofort seine Hilfe an. Bei seinem Onkel könnte er Soapy problemlos und für wenig Geld unterbringen. Marie wies ihn brüsk ab, von ihm wollte sie keine Hilfe.

Er wandte sich an Sonja, um sie noch einmal um Vermittlung zu bitten. „Ich biete ihr meine Hilfe an, und sie lässt mich eiskalt abblitzen", beschwerte er sich.

„Hätte ich auch getan, nach dieser Nummer mit dem Kino", sagte Sonja knapp.

„Marie redet nicht mehr mit mir. Ich weiß, dass sie Probleme hat, einen neuen Stall für Soapy zu finden, und ich hab da eine Idee. Du musst mir helfen."

„Wie soll das gehen?"

„Mein Onkel würde Soapy bestimmt nehmen. Das kostet natürlich was, aber wenn ich ihn ganz lieb bitte, macht er uns bestimmt einen Sonderpreis."

„Uns?" Sonja wies gleich auf den springenden Punkt hin. „Du meinst doch sicher, ich soll zahlen."

„Na ja", gab Kai kleinlaut zu, „bei mir sieht es mit Kohle ziemlich mau aus. Außerdem muss irgendjemand Marie davon überzeugen, dass sie sich drauf einlässt."

Die Unterhaltung wurde durch ein Klingeln an der Tür unterbrochen. Marie kündigte sich durch die Sprechanlage an. Erschrocken fuhr Kai auf und sah sich nach einem Versteck um. Marie durfte ihn hier auf keinen Fall sehen, sonst konnte er den Plan für Soapys

Rettung vergessen. Sonja wies auf den Balkon. Kai hatte sich gerade dort in eine Ecke gedrückt, als Marie eintrat. „Hallo", begrüßte sie Sonja.

„Hast du den Code vergessen?", wollte Sonja wissen.

„Ich wusste nicht, ob du da bist, und der Fahrstuhl war gerade nicht unten."

„Verstehe. Und, was gibt's?"

Marie platzte mit den unangenehmen Neuigkeiten heraus. „Es geht um Soapy. Ich weiß nicht, wohin mit ihm. Der Bauer hat uns gekündigt. Bei meiner Freundin im Stall könnte ich ihn unterbringen, aber das kostet dreihundert Mark im Monat, so viel kann Fabian im Moment nicht zahlen. Kannst du mir das Geld nicht leihen, ich zahl es dir auch zurück."

„Dreihundert im Monat ist ganz schön viel", meinte Sonja.

„Das ist normal", wusste Marie.

„In der Stadt. Aber auf dem Land finden sich bestimmt billigere Möglichkeiten."

Hoffnung blitzte auf bei Marie. „Kennst du da jemanden?"

„Vielleicht." Sonja gab sich zugeknöpft. Mehr wollte sie vorerst nicht sagen, aber Marie sah sie dankbar an.

Kai, der frierend auf dem Balkon stand, war zufrieden mit der Wendung des Gesprächs. Sonja hatte sich wie eine Verbündete verhalten. Jetzt konnte Soapys Rettung beginnen.

176

Geständnisse in Soapys Ohr

Am Nachmittag stiegen Sonja und Marie bei der Koppel, auf der Soapy sein neues Zuhause finden sollte, aus dem Auto. Der Pferdetransporter war bereits angekommen und stand hundert Meter entfernt, aber von Soapy keine Spur.

„Es ist toll hier. Genau das Richtige für Soapy", äußerte Marie sich begeistert.

„Ich muss wieder los. Du kommst dann mit dem Transporter von dem Stallangestellten nach Hause, ja?"

„Fahr ruhig zu deinem Termin. Und danke fürs Bringen. Ciao", verabschiedete sich Marie von Sonja, die wieder ins Auto stieg und wegfuhr. Marie bewegte sich auf den Transporter zu. „Hallo, ist hier jemand?", rief sie in die Fahrerkabine. Die war leer. Von hinten hörte sie ein Schnauben. Sie drehte sich um und traute ihren Augen nicht. Mit Soapy am Zügel kam ihr Kai entgegen.

„Was willst du denn hier?", fragte sie misstrauisch und ärgerlich.

„Hi. Die Koppel gehört meinem Onkel."

„Sieh mal einer an. Wusste Sonja davon?" Marie fing an zu ahnen, was hier gespielt wurde. Sonja hatte mit Kai gemeinsame Sache gemacht.

„Ich wollte dir nur helfen. Und Soapy hat es gut hier. Ganz bestimmt", erklärte Kai.

Mehr ließ sie ihn nicht sagen. Mit einem brüsken „Gib her" nahm sie ihm die Zügel aus der Hand und zog Soapy an sich. „Soapy gehört mir. Ich allein entscheide, wo er unterkommt. Und hier bleibt er jedenfalls nicht."

„Warum denn nicht?"

„Weil ich es nicht will." Damit schwang sich Marie auf Soapys Rücken.

„Was soll das denn jetzt? Wo willst du hin?" Kai bekam Panik.

„Ich finde schon noch ein Plätzchen für ihn." Sie presste Soapy die Füße in die Flanken und ritt los, irgendwohin in die Gegend.

Kai schrie ihr hinterher: „Warum bist du bloß so stur? Ich hab mich doch schon tausendmal entschuldigt. Was soll ich denn noch machen? Mir eine Glatze schneiden und nach Tibet pilgern?" Seine Gefühle schwankten zwischen Ärger und Sorge.

Schon im Davonreiten rief Marie noch einmal zurück: „Die Glatze ist mir schnuppe. Aber Tibet ist klasse. Das ist schön weit weg." Sie gab Soapy die Sporen und galoppierte davon.

Kai sah ihr kopfschüttelnd hinterher. „Weiber!", entfuhr es ihm.

Es war schon längst dunkel. Marie hatte keine Ahnung, wo sie gerade war. Sie war mit Soapy kreuz und quer geritten, nichts als Wiesen und Wald. Erschöpft war sie abgestiegen und führte das Pony nun am Zügel hinter sich her. An einer Weggabelung flüsterte sie Soapy verzweifelt zu: „Rechts oder links? Sag du. Ich weiß nicht mehr, wo wir sind."

Da, ein Hoffnungsschimmer, das Geräusch eines Motors kam näher. Das ist unsere Rettung, dachte Marie erfreut. Der Wagen kam in Sichtweite, und Marie stöhnte auf, als sie den Transporter mit Kai am Steuer erkannte. „Oh, nein, der schon wieder. Dem haben wir das alles zu verdanken", rief Marie Soapy zu und zog ihn am Zügel weiter.

Der Transporter überholte sie und blieb vor ihr stehen. Kai sprang aus dem Wagen: „Ich such euch schon überall. Ihr habt euch total verlaufen."

Unwirsch fuhr ihn Marie an: „Kümmere dich um deinen eigenen Kram."

„Hey, jetzt sei doch mal vernünftig. Es ist schon dunkel und bis zum nächsten Dorf ist es verflucht weit."

„Wir kommen schon klar." Ganz so überzeugt, wie sie tat, war Marie nicht.

„Willst du die Nacht im Freien verbringen? Selbst wenn du den Weg findest, bist du noch Stunden unterwegs."

Marie war trotz allem nicht bereit einzulenken. „Das ist mir egal. Ich steig jedenfalls nicht zu dir in den Wagen."

Kai startete einen letzten Versuch. Wenn sie darauf

nicht eingeht, kann sie bleiben, wo sie will, dachte er. „Lass dir doch verdammt noch mal helfen. Ich habe ja gerafft, dass du nichts von mir willst. Ich möchte nur nicht dafür verantwortlich sein, dass ihr zwei hier endet wie die Typen in ‚Blair Witch Project'."

Das wirkte. Marie sah ihn so erschrocken an, dass er sie beruhigte: „War nur ein Joke. Hier gibt's bestimmt keine Hexen."

Jedenfalls willigte Marie jetzt ein, wenn auch immer noch ein bisschen bockig. „Okay, ich fahre mit. Aber nur bis zum nächsten Ort."

„Na endlich." Erleichtert ließ Kai die Ladeklappe runter, und sie bugsierten Soapy in den Wagen. Es konnte losgehen. Als Kai den Zündschlüssel herumdrehte und Gas gab, heulte der Motor auf. Er blickte zufrieden zu Marie hinüber, die sich angesichts seiner Rettermiene augenrollend abwandte. Kai legte einen Gang ein, aber der Wagen setzte sich nicht in Bewegung. Der Motor stotterte ein paar Mal und erstarb dann völlig. Auch nach mehrmaligen Versuchen sprang der Wagen nicht wieder an. Kai öffnete die Haube und betrachtete ratlos den vor ihm liegenden Motor. Damit kannte er sich nun wirklich nicht aus. „Das gibt's doch nicht", fluchte er, meinte dann aber fachmännisch zu Marie: „Ich fürchte, das ist ein schwerwiegendes Problem. Die Einspritzpumpe scheint ne Macke zu haben. Die Maschine kriegt keinen Sprit." Er versuchte nochmals, den Motor anzulassen.

„Woher auch? Der Tank ist leer", kommentierte Marie trocken und wies auf die Tankanzeige.

„Oh", erwiderte Kai perplex, „das kommt dann natürlich noch dazu. Vorhin war er noch halb voll."

„Was da halb voll war, ist die Temperaturanzeige." Sie seufzte. „Mann-o-Mann, womit habe ich das verdient? Ich dachte, du wolltest mir helfen. Was sollen wir denn jetzt machen?"

„Einer von uns könnte zum nächsten Bauern gehen und Hilfe holen", schlug Kai vor.

„Du hast doch gesagt, das ist so weit. Kennst du überhaupt den Weg?"

„Nur bei Tag", musste Kai zugeben.

„Na toll! Eine Nacht im Wald, davon habe ich schon immer geträumt."

„Das wird gar nicht so schlimm", beteuerte Kai eifrig, „Soapy binden wir irgendwo an, und wir legen uns hinten ins Stroh. Hier ist sogar eine Decke." Er zog hinter dem Fahrersitz eine dicke, muffig riechende Decke hervor. Marie fügte sich in ihr Schicksal, band Soapy an einem Baum fest und kletterte in den Laderaum, in dem Kai dabei war, die Decke über das Stroh zu breiten.

„Damit das gleich klar ist", beugte sie jedem Missverständnis vor, „wir schlafen nicht unter einer Decke."

„Kein Problem. Ist ja gar nicht so kalt", log Kai tapfer und betrachtete besorgt seinen Atem, der in der frostigen Luft sofort kondensierte. Er setzte ein Lächeln auf und schloss von innen die Ladeluke.

Unter der Decke ließ es sich aushalten. Marie war tatsächlich eingeschlafen, wachte aber mitten in der Nacht auf, als draußen ein Uhu schrie und Soapy ein leises Wiehern von sich gab. Kai saß mit angezogenen Knien in der Ecke und klapperte vor Kälte mit den Zähnen. „Wie spät ist es?", fragte sie leise. „Muss so drei sein", gab Kai mit zitternder Stimme zurück.

„Frierst du?"

„Nein, ich klappere mit den Zähnen, um die Wölfe zu vertreiben."

Marie musste lächeln. „Du wirst dich erkälten."

„Was soll ich machen? Wir haben nur die eine Decke."

Zögernd bot Marie ihm ein Stück Decke an, sie konnte nicht mit ansehen, wie er schlotterte.

„Aber nur, wenn's echt okay ist."

„Es ist kalt, also los!" Marie überwand ihre Verlegenheit. Die Situation erforderte es nun mal, machte sie sich selbst Mut. Sie rückte ein wenig zur Seite, um ihm Platz zu machen. Kai legte sich neben sie. „Hast du genug Decke?", fragte er besorgt und zupfte an den Enden herum, damit Marie nicht kalt würde.

„Ja, es geht schon", flüsterte sie und wandte sich Kai zu. Ihre Gesichter berührten sich fast. Erschrocken drehte sie sich schnell wieder um. Sie lagen Rücken an Rücken. „Gute Nacht", presste Kai verlegen heraus. „Nacht", seufzte Marie angespannt. Beiden war ganz und gar nicht nach schlafen. Sie starrten still in die

Dunkelheit, jeder mit seinen verwirrenden Gefühlen beschäftigt. Erst Stunden später schliefen sie ein.

Kai war am Morgen zuerst wach. Er drehte sich vorsichtig um und betrachtete verliebt die schlafende Marie. Zärtlich nahm er ihr einen Strohhalm vom Gesicht. Marie erwachte, schlug die Augen auf und begegnete direkt Kais Blicken. Verlegen murmelte er: „Gut geschlafen?"

„Noch nie so schlecht."

„Geht mir genauso. In deinem Haar sind noch mehr Stohhalme." Er griff vorsichtig in ihr Haar und zog ein paar Halme heraus. Sie ließ es geschehen und lächelte ihn an. Dann wurden beide ernst. Heiser flüsterte Kai: „Du bist süß", beugte sich zaghaft zu ihr und küsste sie. Nachdem er sie wieder losgelassen hatte und etwas unsicher ansah, sagte sie sanft: „Das war sehr nett." Er nahm es als Zustimmung und küsste sie erneut, und sie schlang ihre Arme um ihn und erwiderte den Kuss.

Erschrocken fuhren sie auseinander. Es hatte an die Luke geklopft. Und jetzt hörten sie auch Stimmen draußen: „Marie, bist du da drin?" und „Den Wagen hat Kai sich für den Transport ausgeliehen." Da wurde von außen auch schon die Luke aufgemacht und Fabian und Sonja schauten herein. Marie bemühte sich, freudig zu klingen: „Ein Glück, dass ihr uns gefunden habt."

„Nach einer schlaflosen Nacht", entgegnete Fabian, und Sonja fügte hinzu: „Wir hätten fast die Polizei alarmiert."

183

Fabian half Marie aus dem Wagen. „Wir konnten nichts dafür. Uns ist der Sprit ausgegangen", erklärte Marie die Situation.

Kai nahm die Schuld auf sich, der leere Tank ginge auf seine Kappe, er hätte vergessen zu tanken. Sonja hatte schon den Reservekanister aus ihrem Auto in der Hand: „Bedien dich!"

„Danke. Mit ein, zwei Litern komme ich bis zur nächsten Tankstelle." Kai suchte Maries Blick, als wolle er sich noch einmal des gemeinsamen Erlebnisses vergewissern, aber sie, die mit Fabian und Sonja ins Auto stieg, schaute weg. Er füllte das Benzin in den Tank, lud Soapy auf und fuhr los, nicht ganz zufrieden mit der Rettung im falschen Moment.

Marie hatte sich zu Hause mit einem heißen Bad und Milch mit Honig aufgewärmt. Sie dachte an die letzte Nacht, der Kuss wollte ihr nicht aus dem Kopf gehen. Es war wunderschön gewesen, aber sie wusste immer noch nicht, ob Kai es wirklich ernst mit ihr meinte. Gedankenverloren rubbelte sie sich mit einem Handtuch die Haare trocken. Draußen war ein Wiehern zu vernehmen, das eindeutig nach Soapy klang. Marie öffnete die Tür und sah sich Kai gegenüber, der mit einer Tüte in der Hand vor ihr stand. „Ich wollte dir ein kleines Andenken vorbeibringen", begann er und zog die Pferdedecke, die sie in der Nacht gewärmt hatte, hervor, versehen mit einer roten Schleife und einer roten Rose.

184

Gerührt nahm Marie das Geschenk entgegen. „Du kommst vielleicht auf Ideen!"

Beide schwiegen eine Weile verlegen und begannen dann gleichzeitig zu reden: „Was ich sagen wollte …" „Ich habe nachgedacht …"

„Du zuerst", sagte Kai.

„Na ja", fing Marie zögernd an, „wenn dein Angebot noch steht, würde ich gern darauf zurückkommen. Wegen Soapy, meine ich."

„Du willst ihn doch bei meinem Onkel in Pflege geben?"

„Mir bleibt ja keine andere Wahl. Und was wolltest du eben sagen?"

„Wollte ich etwas sagen?" Kai schien der Mut verlassen zu haben. Auf Maries eindeutiges Nicken druckste er herum: „Ach so, stimmt, ja, ich wollte fragen, ob du Soapy eventuell doch bei meinem Onkel unterbringen möchtest."

Marie kicherte verschämt. „So ein Zufall!"

„Ich habe den Wagen noch nicht zurückgebracht. Wenn du Zeit hast, können wir gleich losdüsen. Ich hole ihn her, dann laden wir Soapy ein."

Zufrieden lächelnd gab Marie ihr Einverständnis. Sie schnappte sich schnell eine Mohrrübe und eilte zu Soapy nach draußen, um ihm die freudige Nachricht zu überbringen.

„Freust du dich? Jetzt haben wir doch noch ein Plätzchen für dich gefunden. Ich besuche dich auch so oft wie möglich." Und dann redete sie einfach weiter, wie in Trance sprach sie zu ihrem Pony und war sicher, dass Soapy sie verstand: „Seit Kai mich geküsst hat, komme ich mir vor wie in einem Traum. Die Decke mit der roten Schleife und der Rose ist das süßeste Geschenk, das ich je gekriegt habe. Ich muss mich total zusammenreißen, damit Kai nicht merkt, wie verliebt ich in ihn bin. Es ist ein Gefühl, als hätte ich Silvesterraketen im Bauch. Sobald er in meiner Nähe ist, kriege ich Herzklopfen."

Soapy lauschte geduldig. Aber er war nicht der einzige Zuhörer. Unbemerkt war Kai herangekommen und hielt bei Maries Worten überwältigt inne, bevor er sich einen Ruck gab und von hinten zart Maries Schulter berührte. Sie fuhr ertappt herum. „Stehst du da schon lange?", fragte sie bang.

„Sollte ich mir die Ohren zuhalten?"

„Wenn du wüsstest, wie peinlich mir das ist." Das war nur die halbe Wahrheit, denn halb war sie auch froh, dass es endlich gesagt war. Und nicht nur sie. „Ich bin auch wahnsinnig verknallt in dich", gestand Kai und zog Marie an sich. „Ich war noch nie im Leben so verliebt."

Die beiden küssten sich schüchtern und zärtlich, und Soapy war Zeuge beim Beginn einer wunderbaren Beziehung.

wunderschön

Schön sein wie die Stars – mit dem offiziellen Beauty-Buch zur Serie! Die GZSZ-Schauspieler verraten ihre persönlichen Schönheitsrezepte. Außerdem gibt es viele Tipps und Tricks für freche Frisuren, super Styling und tolles Make-up.

Das offizielle GZSZ Beauty-Buch

peppig

Ein Buch für Freunde und Fans mit vielen bunten Fragebögen. Hier können deine Freunde ihre Vorlieben, Hobbys und vieles mehr eintragen. Das Besondere daran: Die GZSZ-Stars beantworten die gleichen Fragen. In poppiger Aufmachung mit den Fotos sämtlicher GZSZ-Stars. Und als Extra: Geburtstagskalender, Adressenverzeichnis und Notizseiten im Anhang.

Das offizielle Schulfreundebuch zur Serie

romantisch

In diesem Band werden die schönsten, glücklichsten, tragischsten und spannendsten Liebesgeschichten der erfolgreichen ARD-Serie nacherzählt. Mit vielen romantischen Fotos.

Die schönsten Lovestorys zur beliebten Serie

Tante Hilda leidet an magischem Schluckauf. Bei jedem Hick passiert etwas Unerwartetes. Der Kühlschrank verwandel sich in eine Kuh, Sabrinas Essen in ein 3-Gänge-Menü. Als schließ lich Benjamin Franklin auf dem Küchentisch steht, haben Sabrin und ihre Tante ein echtes Problem. Denn Benjie sollte sich eigent lich im Jahr 1776 befinden, um die Amerikanische Unabhängig keitserklärung zu unterzeichnen. Wenn sie ihn nicht möglichs schnell wieder in seine Zeit zurückbefördern, ist die amerikanisch Geschichte in Gefahr! Aber Sabrina behält einen kühlen Kopf ..

Der Roman zur total verhexten TV-Serie